L'AVENTURE,
POUR QUOI FAIRE ?

Jean-Claude Guillebaud – Sylvain Tesson
Gérard Chaliand – Jean-Christophe Rufin – Bruno Corty
Martin Hirsch – Laurent Joffrin – Olivier Frébourg
Olivier Archambeau – Tristan Savin – Patrice Franceschi

L'AVENTURE,
POUR QUOI FAIRE ?

manifeste

INÉDIT

Éditions Points

© 1947, 1963, 2001, 2005, Éditions Denoël
Extraits tirés du volume 1 de « Tout autour d'aujourd'hui »,
Nouvelle édition des œuvres complètes de
Blaise Cendrars dirigée par Claude Leroy

ISBN 978-2-7578-3400-8

© Éditions Points, 2013

POINTS AVENTURE
un esprit de liberté

UNE COLLECTION DIRIGÉE PAR PATRICE FRANCESCHI

Il y a 2 500 ans, Pindare disait : « N'aspire pas à l'existence éternelle mais épuise le champ du possible. » Cette exhortation à un dépassement de la vie était aussi un appel à la liberté et aux liens qui l'unissent à l'esprit d'aventure.

Vingt-cinq siècles plus tard, l'énergie vitale de Pindare ne serait-elle pas un remède au désenchantement de nos sociétés de plus en plus formatées et encadrées ? Et l'esprit d'aventure l'un des derniers espaces de liberté où il serait encore possible de respirer à son aise, d'agir et de penser par soi-même ?

C'est sans doute ce que nous disent les livres qui, associant aventure et littérature, tentent de transformer l'expérience en conscience.

Patrice F.

Il était une fois...

Patrice Franceschi

Toute aventure – surtout littéraire – débute par une histoire.

Alors voici celle de ce livre...

Un soir d'octobre 2012, par un temps vaguement pluvieux qui teinte de grisaille les rues de Paris, nous sommes une douzaine à nous retrouver autour d'une table de ma « cantine » corse dans le XVᵉ arrondissement. Il y a là Patrick Gambache, directeur général des éditions Points, accompagné de son efficace adjointe Marie Leroy et de leur attaché de presse Jérôme Lambert. Ils sont arrivés en même temps que moi, suivis du géographe Olivier Archambeau, président de la Société des explorateurs français, et de l'académicien et prix Goncourt Jean-Christophe Rufin. N'ont pas tardé à nous rejoindre le directeur du *Nouvel Observateur*, Laurent Joffrin, l'écrivain-aventurier Sylvain Tesson et le grand spécialiste de géopolitique Gérard Chaliand. Les critiques littéraires du *Figaro* et de *L'Express*, Bruno Corty et Tristan Savin, ont débarqué peu après, précédés de l'écrivain Olivier Frébourg qui préside aussi aux destinées des éditions des Équateurs. Ne manquent au rendez-vous que l'écrivain et éditorialiste Jean-Claude Guillebaud, indisponible ce soir-là, et Martin Hirsch, l'homme politique emblématique de la jeunesse d'aujourd'hui : tous deux nous rejoindront un peu plus tard dans l'aventure qui va suivre...

Les lumières du restaurant sont tamisées, des polyphonies corses passent en sourdine, les autres clients ne nous prêtent pas attention.

Nous sommes réunis pour tenter de répondre à une question précise : comment définir l'aventure ? Et comment concevoir sa fonction à l'ère de la révolution numérique, des réseaux sociaux et des mondes virtuels qui bouleversent l'ensemble de notre univers physique et mental ? L'affaire est coriace... Comme apéritif, nous prenons donc des « caps corses » accompagnés de larges assiettes de charcuterie – c'est un bon début. En plats de résistance, nous choisissons diverses viandes aux herbes du maquis, complétées par de solides fromages de montagne, le tout arrosé de vins d'Ajaccio ; pour terminer, nous prévoyons de nous faire servir de la liqueur de myrte à discrétion.

Premier coup de fourchette et premier doute affreux : et si l'aventure était tout simplement devenue obsolète ? Quelque chose d'un autre temps, d'une autre époque, d'une autre civilisation même ? Au point de ne plus appartenir qu'à l'histoire ?...

Deuxième coup de fourchette et premier réconfort : et si l'esprit d'aventure était au contraire l'une des dernières armes en notre possession, avec l'art ou la poésie, pour nous permettre de demeurer libres dans un monde de plus en plus formaté, surveillé, mesquin et précautionneux ?

La discussion commence pour de bon...

L'idée de ce repas a germé quelques semaines plus tôt. Patrick Gambache, Marie Leroy et moi-même sommes alors dans le bureau de Patrick au septième étage du groupe d'édition La Martinière – qui comprend, entre autres, les éditions du Seuil et les éditions Points. Nous parlons de littérature, d'aventure et de divers projets éditoriaux, lorsque Patrick dit soudain :

– Et si nous créions tout simplement une nouvelle collection de poche sur l'aventure ? On l'appellerait Points Aventure, comme nous avons déjà Points Poésie ou Points Histoire. Qu'en pensez-vous ?

– Très bonne idée ! approuve aussitôt Marie. On pourrait même faire davantage, en publiant aussi des inédits, en format semi-poche...

Patrick se tourne vers moi.

– Tu aimerais t'occuper de ça ?

Je crois me souvenir d'avoir souri à ce moment-là et dit quelque chose du genre : « Rien ne me ferait plus plaisir... »

– Alors, commençons ! a lancé Marie.

L'instant d'après, nous jetons sur le papier des titres de livres, des idées de nouveautés ; nous convoquons les grandes figures de l'aventure, évoquons des auteurs injustement méconnus... Bientôt, nous en sommes à vouloir

11

réunir dans cette collection tout ce qui peut compter comme textes importants sur l'aventure : des récits vécus, bien sûr, mais aussi des mémoires, des biographies, des manifestes… Puis je propose :

— Pourquoi ne pas essayer aussi de créer autour de cette collection une sorte de « mouvement » intellectuel et littéraire ? Quelque chose qui servirait à défendre un certain point de vue sur l'esprit d'aventure et son utilité aujourd'hui ?

— C'est tentant, dit Patrick. Tu as une idée pour ça ?

— Non, mais parlons-en avec quelques personnes de qualité, nous verrons ensuite… Choisissons des amis d'horizons différents mais qui ont tous quelque chose à dire sur l'aventure et ce à quoi elle peut encore servir… Si l'idée leur plaît, proposons-leur même d'écrire un texte là-dessus. Je ferai aussi le mien. En les rassemblant, nous aurons le premier livre inédit de Points Aventure.

— Faisons ainsi, concluent Patrick et Marie.

Et voilà comment, quelques semaines après, par un soir d'octobre vaguement pluvieux, autour d'une table d'un restaurant corse de la rue de la Convention à Paris, est né le livre que vous tenez entre les mains…

Naturellement, la soirée en question s'est achevée au milieu de la nuit – pour les plus courageux en tout cas –, dans une autre taverne, à coups de vodka et d'alcools du même genre, après que Sylvain Tesson a coupé sa veste en deux d'un grand coup de couteau pour en donner la moitié à Marie Leroy qui avait un peu froid… Un geste à la manière de saint Martin ou de Cyrano de Bergerac – personne n'a pu trancher –, mais qui devait vouloir dire quelque chose sur l'inauguration de notre « geste » littéraire, allez savoir...

Quoi qu'il en soit, trois mois plus tard, tous les textes étaient au rendez-vous.

Les voici donc aujourd'hui tels qu'en eux-mêmes.

Chacun d'entre nous a écrit sa part d'aventure en toute liberté, sans directive, sans consigne, sans instruction. C'était la règle du jeu.

Au final – et c'est peut-être une forme de miracle –, ces onze textes se complètent les uns les autres sans se ressembler et ne se recoupent que sur quelques points essentiels qui prennent alors tout leur relief ; ces textes chantent donc chacun leur musique propre. Mais, d'une certaine manière, ils expriment aussi l'unité de l'aventure dans sa diversité. Et si mis bout à bout ils n'avaient pas pour vocation à être exhaustifs, ils brossent cependant un panorama assez large de l'aventure, avec toute sa richesse et sa variété.

Laissons-leur donc la parole.

Vers l'autre et vers soi-même

Jean-Claude Guillebaud

Écrivain et journaliste, Jean-Claude Guillebaud a dirigé l'ONG Reporters sans frontières. Il a notamment publié aux éditions du Seuil La Tyrannie du plaisir *(prix Renaudot essai, 1998),* Le Principe d'humanité *(Grand Prix européen de l'essai, 2002),* La Force de conviction *(prix Siloë, 2005). Son dernier ouvrage,* Une autre vie est possible : comment retrouver l'espérance *(2012), est disponible aux éditions de L'Iconoclaste.*

Qu'est-ce que l'aventure ? Spontanément, une première expression me vient à l'esprit : l'impatience du lendemain. Je traîne cette vertu (ou ce défaut) depuis l'enfance. Mes journées commencent toujours par le bonheur particulier du petit matin. La page blanche, en somme, qu'il va falloir remplir. La lumière qui rosit à peine l'horizon, le silence des maisons, l'âme toute neuve de ces matinales solitudes... Je n'aime rien tant que les commencements et les partances : article à écrire, manuscrit à corriger, livre à lire, du bois à fendre (j'habite la campagne). Le pur plaisir de faire, en somme, suffit à (presque) tout. L'expression « aventure » prend d'abord une signification très simple et toute prosaïque : l'aventure, c'est en avant, en avant... Quand j'étais reporter, je filais toujours vers Orly, puis Roissy, avec une gourmandise assez joyeuse et tout un sac de documentation à dévorer. Je me sentais une faim d'ogre. C'était pure impatience.

Je pense à un superbe aphorisme du Talmud : comme le saumon, l'homme n'est jamais autant lui-même que lorsqu'il remonte le courant. Bonne formule : le vrai sens de la vie quotidienne est sans doute à rebours du courant, du flux, du consensus paresseux, du train-train. *Avanti !* Cette gourmandise pour « l'ailleurs » vient de loin, c'est-à-dire de l'enfance. Elle fut d'abord « physique ». À 10 ans, je n'aimais rien tant que de faire glisser mon doigt sur les cartes de géographie. Je n'en finissais pas d'explorer le planisphère punaisé dans ma chambre. Mon index glissait longuement tout en haut, à gauche, sur le pointillé des Aléoutiennes qui prolongent l'Alaska par une sorte de fine barbe chinoise ou sur le triangle improbable de la Tasmanie australienne. Je connaissais dans ses moindres détails la carte des îles Galápagos. Vers le milieu des années 1950, il y avait moins d'une dizaine d'habitants sur l'île de Floreana et à peine plus sur celle d'Isabela. Cette vastitude offerte à notre bon plaisir enflammait mon imagination.

Qu'est-ce qui se passe réellement là-bas ? À quoi ressemble la Terre de Feu ou la baie d'Hudson ? Questions intempestives de l'adolescence... Je lisais et relisais le journal de Raymond Maufrais, cet adolescent rimbaldien parti en 1947 en Guyane française pour remonter le fleuve Maroni jusqu'aux plateaux du Mato Grosso puis aux monts Tumuc-Humac, où prend source l'Oyapock, et disparu là-bas en 1950. La simple sonorité de ces noms propres me guérissait des chiches aigreurs européennes de l'après-guerre. Adieu vieille Europe, que le diable t'emporte ! Je recopiais sur mes cahiers de brouillon des phrases ou des aphorismes qui parlaient d'appareillages. « Qu'aimes-tu donc extraordinaire étranger ? J'aime les nuages qui passent là-bas, les merveilleux nuages... » (Baudelaire.)

Devenu officiellement journaliste, correspondant de guerre, préposé aux catastrophes pour *Le Monde*, je ne me suis pas départi de cette curiosité qui me tirait vers le lointain. Était-ce scandaleux ? Obscène ? Je n'en sais rien. Mais c'est avec la même impétuosité que je courais vers des guerres exotiques ou des famines africaines. Le simple bonheur de s'arracher au « normal » ; de fuir loin du « prévisible » ; de rompre avec la fade quotidienneté ; de s'affronter même durement au réel... Le pari, c'était d'aller dans la poussière des villes et dans le subalterne vérifier que le monde était encore plus grand qu'on ne le disait. Filant vers l'est ou l'ouest, on s'attend toujours à quelques rencontres dérangeantes. Il y aurait d'abord – c'est probable – des hommes et des femmes coltinés à la pauvreté et à la violence, des humains au regard desquels tout passager en transit incarne la prospérité plus barricadée que jamais de l'Occident. Il y aurait les guerres et les égorgements, les tueries et le sang.

N'importe ! Je ne me départissais jamais des impatiences de l'envol. Je prenais tous les départs pour des commencements. Les réacteurs m'arrachaient au pire. Quel pire ? Je n'en savais trop rien, l'habitude sans doute. En tout cas, les décollages m'enflammaient comme au premier jour et je ne rougissais pas d'une allégresse si peu raisonnable dans mon métier. J'en avais besoin, même si je savais bien qu'au bout du compte j'allais atterrir dans le désastre. *Avanti !* La même impatience bougeait en moi comme un muscle. Y compris dans mes rêves. Je graissais les chariots boers pour le « Grand Trek » ; je bordais les écoutes dans un port danakil ; je dégrafais un corsage à Calcutta ou j'allumais les premiers feux du matin chez moi en Charente : tout cela participait d'une même idée de « commencement », autre façon de désigner l'espérance. Partir !

À force de vols long-courriers et de cavales imprévues, je finissais par voir la planète comme un paysage qu'on peut caresser des yeux. Vers l'ouest, une fois, je m'en souviens, on avait plongé vers la Cornouailles, frôlé l'Islande, rebondi dans les aurores boréales et longé plein ouest ces grands friselis de pierre et de glace entre Terre-Neuve et le Nouveau-Brunswick. On avalait d'autres fois l'Atlantique, avion cabré ; je battais la mesure sur mon accoudoir en écoutant une messe de Palestrina par l'English Baroque Orchestra sur les écouteurs à trois dollars d'Air Canada.

Que trouvais-je au bout de ces destinations ? Pourquoi n'étais-je jamais rassasié ? Avec le temps seulement – avec l'âge ! – s'impose une évidence : le vrai butin d'un voyage n'est pas celui qu'on croit. On partait vers on ne sait quelle découverte, on revient lesté d'une seule image ou d'un bruit ; on s'employait loyalement à comprendre ce qui se passait là-bas, on se souvient surtout d'avoir senti. André Suarès le disait déjà, dans son *Voyage du condottiere* : l'essentiel, c'est l'émotion. On se croyait « reporter », on était d'abord un homme en chemin vers lui-même. Je faisais mienne cette apostrophe de Proust dans *La Prisonnière* : « Le seul véritable voyage, le seul bain de jouvence, ce ne serait pas d'aller vers de nouveaux paysages, mais d'avoir d'autres yeux. »

Seul le recul du temps, en effet, permet de décanter cette émotion indéfinissable qui nous a fugitivement saisis, un jour, sur les quais de Paramaribo (Surinam), près d'une grève islandaise, au pied de Sainte-Sophie à Istanbul, devant les murailles d'Antioche, les ruines de Beyrouth, les clochers de Prague ou les hauteurs de Nob Hill à San Francisco. Seuls les filtres successifs du souvenir, ce méticuleux tamis de la mémoire, nous aident à identifier ce qui s'était réellement inscrit au-dedans de nous à ce moment-là. Alors, et alors seulement, nous commençons à pouvoir répondre aux vraies questions : pourquoi, diable, étions-nous partis si loin ? Qu'allais-je chercher, au juste, dans ces confins « où je suis étranger » ?

Cette immatérielle pépite trouvée et retrouvée sans cesse sur la route, je l'appelle *l'esprit du lieu*. Elle semble fragile comme un mirage mais elle survit à tout le reste. Lorsque s'oublie peu à peu tout le superflu du voyage − connaissance, documentation, chiffres et *tutti quanti* −, elle demeure au tréfonds de nous. C'est une certaine harmonie entr'aperçue sous un ciel différent ; c'est une confidence recueillie dans une foule africaine, un message engrangé sur un trottoir d'Orient. Là-bas, les hommes ont construit avec le monde un *rapport spécifique* ; là-bas, ils entretiennent avec la vie et la mort un *commerce particulier*. Et c'est pour cette raison que se trouve « enchanté » cet univers à nul autre pareil où, l'espace d'un moment, ils m'auront fait place.

Nul exotisme dans tout cela. Ni planches à clous, ni colibris fantastiques ni femmes girafes de Birmanie.

L'esprit du lieu est étranger à ces clichés ordinaires qui conspirent à faire du voyage une marchandise. C'est à l'Université de Suva (îles Fidji) que j'avais fini par prendre en horreur le concept d'exotisme. Aux jeunes Fidjiens qui vivent désormais de l'industrie touristique – une des plus florissantes de l'Océanie –, on donnait très officiellement ce conseil : « Pour accueillir les touristes, habillez-vous de manière traditionnelle. Ne portez pas de montre ou d'objet moderne. Ils veulent vous voir comme les vrais représentants d'une race indigène. Ils viennent à Fidji pour découvrir des choses caractéristiques, ne les décevez pas... »

Horreur ! La « différence » perpétuée et mise touristiquement en scène procède d'un vilain mensonge. C'est vers *l'homme partout semblable à l'homme* que nous conduit l'aventure. Elle nous met dans la tête l'idée d'un sentiment communicable et, *par conséquent*, de fraternité humaine. Ici s'impose l'idée d'on ne sait quelle opiniâtreté dans la survie, là tout semble organisé autour de certaines mélancolies. Là-bas, c'est le meurtre ou l'injustice qu'on n'en finit pas d'évaluer, en connaissance de cause. À chaque fois, cependant, s'impose l'idée d'une incroyable proximité des hommes dans leur combat pour vivre et dans leurs « arrangements » avec le monde ; une proximité qui est bien au-delà des « exotiques » différences.

Au total, la véritable alchimie du voyage tient à ce paradoxe inaugural : si toute pérégrination aventureuse nous conduit d'abord vers l'autre, c'est vers un « autre » compris non pas dans son irréductible différence mais dans sa proximité, et même dans sa proche *fraternité*. Car, en retour, cet autre vers qui je vais me demande réciproquement d'être moi-même. Pas déguisé… C'est la condition même de toute rencontre, c'est le propre de toute altérité : en miroir, elle contribue à ma propre existence. Peut-être même la rend-elle possible. Je songe ici à cette belle expression de Stanislas Breton : il faut se réjouir – mais très profondément – que l'autre existe. J'ai compris cela peu à peu. Cela n'allait pas sans conséquences.

Si on fait du « principe de rencontre » le vrai fondement de l'aventure, alors l'idée de risque ou de danger change totalement de sens. Elle est moins hollywoodienne. Sous cet angle, le voyage aventureux n'est plus un sport extrême, avec risque de fracture du tibia ou péril de bilharziose. Les choses deviennent plus intimes. La peur qui vous habite n'est pas principalement physique. Oh oui, bien sûr, j'ai eu souvent la trouille de prendre une balle perdue ou un éclat d'obus dans la colonne vertébrale. Mais j'ai surtout (presque toujours !) eu peur de ne pas comprendre la situation et la culture de « l'autre » ; pas assez en tout cas pour le rencontrer vraiment.

Et si, par chance, j'arrivais à le « rencontrer » pour de bon, si je parvenais à entrer dans sa vision du monde, à approcher les « vérités » qui le constituent, qu'est-ce que cela risquait de changer à l'intérieur de moi-même ? Je reprends une formule de l'évêque d'Oran, Pierre Claverie, assassiné par des islamistes en 1996, après une vie consacrée à un riche dialogue avec l'islam : « Le vrai dialogue n'est possible que si j'accepte préalablement l'idée que l'autre est peut-être porteur d'une vérité qui me manque. » Cette vérité, à coup sûr, viendra forcément chavirer mes certitudes. L'aventure, c'est la mise en danger de nos tréfonds. Là réside bien le vrai et magnifique risque : consentir par avance à rejouer sa vision du monde. Accepter de mettre sur la table la configuration de nos « opinions » sur le monde et la vie. Diable ! On comprend pourquoi, de loin en loin, des paniques bizarres me saisissaient. Je me souviens de chacune d'elles, mais surtout d'une en particulier.

Repartant vers l'ancienne Indochine après un reportage à Calcutta, je filais vers la Thaïlande, puis le Laos et le Cambodge. L'avion sentait le bonbon au citron et l'eau de toilette ; c'était doux et ronronnant. Fourbu, je comptais m'abandonner aux vibrations câlines, sourire aux hôtesses et – pour trois petites heures de répit – brancher mes écouteurs sur Monteverdi en stéréo. Les avions sont des refuges épisodiques, des cocons sans aspérités où s'oublient, d'un coup, villes, tumultes et vilains fourmillements. Moyens de transport, peut-être, mais surtout tricherie organisée avec le temps et l'espace. Dorloter un passager, c'est d'abord lui fournir, au tarif IATA (International Air Transport Association), l'illusion d'un monde « facile », « doux comme la soie », précisent même les dépliants des Thai Airways. Chacun sait cela, sans toujours l'avouer. « Nous survolons la Birmanie. À gauche de l'appareil, la ville de Rangoon. » L'Asie en Cinémascope, le gros bluff, quoi !

Or voilà que cette fois-ci, allez savoir pourquoi, m'arrivait au débotté une de ces paniques qui, je le sais maintenant, font partie intégrante de l'aventure. Sacrément, même ! Faudrait-il les taire et jouer à l'artiste en acier suédois, acrobate sans filet ni état d'âme ? C'est ce qu'on fait d'ordinaire par souci d'épate. J'étais hier à Chandernagor, ou Katmandou, me voilà en Thaïlande. Coucou ! Sans perdre une minute, je vous sors de mon chapeau des tas d'histoires locales pêchées en douceur dans les rues de l'Orient. À force de répéter aux apprentis reporters que, de leur vague à l'âme, le public se contrefiche, on finit par imprimer dans les journaux des tas de malentendus sémantiques. Bref, flâneurs salariés, clochards des salles de transit, on joue toujours un peu les « gros bras ».

Cette mythologie du grand reportage fait peut-être rêver les classes terminales, encourage les vocations, mais, pour tout vous dire, elle est en peau de lapin. La vérité, c'est qu'on navigue toujours en tâtonnant sur la planète, jamais sûr de rien ; plein à ras bord de petites angoisses et, philosophiquement, beaucoup plus alarmé qu'on ne le dit par les banlieues du tiers-monde. Pas une ligne de nos dépêches, même les plus « Sciences Po », qui ne soit, en fait, le produit de ce trouble qu'on planque en temps normal sous des fausses moustaches, des considérations diplomatiques ou des imparfaits du subjonctif.

En réalité, on tremblote vraiment dans les avions, les autobus népalais ou les taxis de Calcutta, on s'affole souvent sur les frontières et l'on rature à n'en plus finir ses carnets de notes. Manger le morceau, vider son sac, ce serait énumérer quelques-unes de ces trouilles non négligeables rencontrées sur la route. Croix de bois, croix de fer, si je mens...

Première angoisse : ce monde qu'on tâche de traverser tout près du sol et de raconter par le menu, voilà qu'il disparaît, certaines fois, sans laisser de trace. On croit s'en approcher et on le perd de vue. Insaisissable, inaccessible, évanoui, pfuitt ! Ce n'est pas un paradoxe. Mettez donc bout à bout les aéroports, les lignes de taxi, les hôtels internationaux, les ambassades de France, les bureaux de l'Agence France-Presse, les postes de douane et les manuels touristiques... Tout ça vous fait désormais un quadrillage serré allant de Valparaíso à Vladivostok, de sorte que ce labyrinthe en circuit fermé recouvre la planète. Il est moins facile qu'on ne le croit de s'en évader tous les jours. Si l'on ne se méfie pas, on peut aussi bien l'arpenter pendant des mois sans y rencontrer âme qui vive vraiment, sinon des braves gens qui, comme vous, ont l'illusion de voyager parce qu'ils changent d'avion et de chambre d'hôtel.

Or ce labyrinthe-là, apatride et uniforme, est aussi loin du monde en chair et en os que la constellation du Centaure. Les touristes font semblant de ne pas s'en apercevoir, ce qui est excusable vu le prix des billets d'avion. Le danger vous guette donc, en permanence, de retomber prisonnier de ce dédale, ce fac-similé des atlas posé en trompe-l'œil sur tous les pays.

Au Vietnam, avec leurs super-bases, leurs hélicoptères, avions, téléphones et mess climatisés, les Américains avaient fini par coller sur le pays un pays « bis », artificiel, mais qu'ils prenaient pour le vrai. Tous les reporters qui sont allés là-bas vous diront qu'on le sillonnait, ce pays « bis », sans arrêt et sans problème, d'une bataille à l'autre, d'un hélicoptère à l'autre, pendant des semaines, avant de comprendre que le vrai Vietnam, dans tout ça, on ne le rencontrait guère ; qu'il était donc urgent mais difficile de s'évader du « circuit yankee ».

À cause de cette confusion-là, entre le vrai et l'illusion, les Américains en ont perdu la guerre. Transposez l'exemple aux continents entiers dans leurs rapports avec nous, promeneurs occidentaux. La grosse logistique du voyage aboutit au même résultat : ce n'est pas la guerre que nous perdons mais le monde lui-même, le vrai, qui n'est pas pur reflet de notre regard. Belles lignes de l'orientaliste Paul Mus sur la question, écrites à propos de la colonisation française en Indochine :

Comme la route officielle de jadis courait du palais impérial au palais provincial et à toutes les installations du réseau religieux et administratif, s'établissant au-dessus de la terre et du peuple, nos routes à leur tour tranchaient sur le reste du pays, enjambant les fleuves, coupant les collines, expropriant les rizières. Elle nous menait comme d'île en île de notre monde. [...] On comprenait d'instinct que les autos des Européens ne pouvaient que brûler le pays, entre ces morceaux d'une autre planète surimposés à la campagne traditionnelle : cet autre genre d'homme n'avait point affaire là.[1]

1. Paul Mus, John McAlister Jr., *Les Vietnamiens et leur révolution*, Paris, Seuil, 1972.

Voilà ma panique subite du vol Calcutta-Bangkok ! Sentir le piège se refermer encore une fois, qui vous barricade loin des choses. Comment s'en dégager ? Pour cavalcader la conscience en paix sur dix mille kilomètres, il faudrait parler persan, tamoul, hindi, cantonais... minimum ! Faute de cela, vous butez sans cesse sur l'opacité infranchissable des langues, des journaux, des enseignes de magasins. Exaspérant ! On ne peut tout de même pas interpréter toutes les vies quotidiennes sur la foi d'un guide de voyage ou la conversation d'un ambassadeur. Alors ?

Les issues de secours sont connues et en quantité limitée. Emprunter la « médiation » d'un intellectuel autochtone qui parle une langue accessible ? On en trouve à la pelle, hospitaliers et serviables. L'ennui est qu'ils sont, en général, eux-mêmes beaucoup plus loin de leur propre pays qu'ils ne se l'imaginent ; idéologiquement tout emberlificotés dans ce rapport ambigu − rejet-copiage − qui les lie déjà à l'Occident, parfois à leur insu... Écoutez bien leur conversation et méfiez-vous : inconsciemment, ils vous arrangent la sauce et vous tordent un peu la réalité − selon leur politique − dans le sens de l'hostilité ou de la complaisance pro-occidentale. Le résultat est le même : une vision fausse ou du moins décalée. Qu'on pense à l'Iran...

Deuxième recours possible, j'en use souvent : trouver localement quelqu'un de très savant sur la vie quotidienne exotique, genre ethnologue, chercheur du CNRS ou missionnaire. Le fait est que, dans chaque pays, chaque sous-région ou même petit village, il y a toujours le résident spécialiste, qui vit là depuis vingt ans et en connaît un rayon. J'en ai trouvé de Naples à Beyrouth, de Katmandou à Téhéran, et je leur dois beaucoup. N'empêche que les mieux disposés d'entre eux, et sans la moindre perfidie, vous flanquent une énorme déprime en dix minutes de conversation. Celle-ci commence, en général, par les mêmes recommandations navrées : impossible de rien comprendre aux problèmes locaux avant dix bonnes années de séjour et d'études acharnées. « Et encore ! »

On vous explique ensuite que ce que vous preniez pour une émeute politico-religieuse, c'était la sortie d'un match de football, et que « l'âme de ce pays » est aussi difficile à atteindre que le nirvana. Puis, selon les cas, vous écoutez, bouche bée, une analyse très subtile mais intraduisible des coutumes villageoises – « De ce village-là, je précise, car, à trois kilomètres, c'est totalement différent » – ou une exégèse originale – « Contestée, certes, par l'école de Pondichéry » – des *Upanishad*. Le tout pendant des heures, les savants sont intarissables...

Accablé de science, assommé d'humiliation, honteux et ignare, vous rentrez la tête dans les épaules, en balançant stylo à bille et carnets de notes. Décourageant ! Il vous prend alors l'envie de foncer vers l'aéroport le plus proche, de sauter dans un avion pour Paris et de rentrer illico vers la Lozère pour camper au bord d'une rivière à truites. Si, malgré tout, vous surmontez le spleen, il ne vous reste que deux solutions. Vous pouvez d'abord essayer de piquer ici et là dans la conversation des bribes de savoir, quelques trucs qui, mis bout à bout, feront illusion. Il faut, néanmoins, du culot, parce qu'à ce compte-là votre prose sera évidemment « naïve et superficielle ».

Vous pouvez aussi, c'est le plus héroïque, vous armer carrément de patience et, très attentif, vous cultiver aussi vite que vous le pouvez. Fringale de lectures savantes : c'est passionnant et migraineux. Le gros ennui, tout de même, est que les spécialistes que vous rencontrez sont, en général, très loin d'avoir terminé leurs travaux et plutôt portés à la circonspection. Vous apprenez ainsi, et presque à tous les coups, qu'il leur faut encore quinze à vingt ans pour peaufiner leur thèse de huit cents pages sur « les rites du mariage consanguin dans les tribus du Nord-Est birman ». Allez-vous attendre ? Vous avez toutes les chances de devenir grand-père avant qu'ils aient fini de polycopier leurs communications.

Bref, interviewer trop souvent des ethnologues, c'est beaucoup trop intimidant. En outre, ça vous fait parfois rater l'avion. Vous revoilà au même point, tout seul avec votre panique. De repenser à ces choses en survolant le Mandalay, la mienne, ce jour-là, ne faisait qu'empirer...

Je sais bien qu'il reste toujours une solution, celle de parler politique, d'un bout à l'autre du monde. D'une certaine manière, c'est rassurant. On attrape à pleines mains les statistiques du dernier plan quinquennal, on mesure le produit national brut par habitant. Enfin, du solide et du concret ! Il y a ordinairement une crise économique dans l'air, un régime policier vendu à Washington, Moscou ou Pékin, une opposition de gauche malheureusement divisée et trois guérillas rivales sur les frontières du Nord. On circule, en tout cas, sur un terrain connu, assuré de pouvoir dévider des analyses sérieuses. C'est gratifiant, bien sûr. Un peu vain, à la longue... De moins en moins commode, enfin, depuis que, dans le tiers-monde musulman, bouddhiste ou hindouiste, la métaphysique religieuse est venue bouleverser la « donne » politique au grand dam des intellectuels « laïcs ».

Pas d'issue donc ? Saisi aux cheveux par le cafard, faut-il rentrer en France à mi-parcours ? La dernière voie ouverte, pensait-on au départ de Roissy, c'est celle de la subjectivité modeste, de l'impressionnisme avoué. Sur le chemin, pourtant, deux gros obstacles ont surgi qu'on ne prévoyait pas. D'abord, cette satanée question de l'« exotisme » ou du « pittoresque » que j'évoquais plus haut et qui peut vous faire commettre la pire des impostures. L'exotisme, ce n'est rien d'autre que la routine des autres qui vous captive, précisément parce qu'elle est « autre ». À trop le rechercher pour en faire de jolies phrases, on se rend complice de gros mensonges.

Partout dans le monde, figurez-vous, les gens savent très bien que vous venez pour ça, que vous soyez touriste, journaliste ou anthropologue. Maudit soit l'exotisme ! À cause de lui, en parcourant le monde, chacun d'entre nous trace désormais un sillage de singeries complaisantes, de coutumes en carton-pâte. En clair, il y a maintenant des tas de fakirs hindous qui, la journée finie, remettent leurs jeans et rentrent chez eux en taxi. L'autre obstacle, qui rend suspect l'impressionnisme journalistique, c'est, bien entendu, le péché de Narcisse. Raconter le monde en se fiant à ses petites sensations, n'est-ce pas en définitive se raconter soi-même ? Exclusivement... Que vous reste-t-il, dès lors, d'étape en étape, sinon des poignées de mots à bricoler ?

Trois heures d'avion, c'était assez long pour mesurer dans toutes leurs dimensions ces déroutes affreuses, inhérentes au métier d'aventurier. Tout devrait plaider, *in fine*, pour un rapatriement immédiat, avec autocritique en bonne et due forme à l'arrivée. L'avion approchait d'ailleurs de Bangkok et on était déjà priés de redresser son siège. C'est à ce moment précis que le miracle que je n'espérais plus s'est reproduit. J'en connais bien les effets. Juste en écoutant l'hôtesse vous annoncer « la température au sol », devant l'imminence d'un nouveau débarquement en terre inconnue, vos paniques les plus irréfutables s'évaporent subitement. C'est irrationnel, injustifiable, scandaleux peut-être, mais voilà qu'on jubile sans complexe, tout vibrant de curiosité. On a soudain des fourmis dans les jambes. C'est la fête ! Vite, récupérer sa valise au tourniquet et partir, nez au vent, vers Klong Toey, Luang Prabang ou Savannakhet !

C'est en tout état de cause qu'on peut redire : *Avanti !* Pourquoi ? Parce que si le voyage est devenu plus facile, la « rencontre » entre les hommes devient toujours plus difficile. L'aventure – la nôtre – a de beaux jours devant elle !

Une école de plein vent

Sylvain Tesson

Sylvain Tesson, né en 1972, a étudié la géographie et pratique l'escalade. Il a publié L'Axe du loup *(Robert Laffont, 2004),* Une vie à coucher dehors *(Gallimard, 2009) et* Éloge de l'énergie vagabonde *(éditions des Équateurs, 2010).* Dans les forêts de Sibérie *(Gallimard, 2011), récit de son séjour au bord du lac Baïkal, a reçu le prix Médicis essai en 2011.*

Amanullah K. commandait à l'époque les forces armées du poste frontière afghan de Torkham. C'était en 2002 et je crois que le titre de « commandant des forces armées » était un peu exagéré. En réalité, il régnait sur une bande d'adolescents à la barbe hésitante et à l'œil languide dont les visages s'envoilaient derrière d'âcres volutes.

Quand il apprit que mes amies et moi nourrissions le projet de partir vers le Panshir puis de gagner Kunduz avant de nous enfoncer dans les montagnes du Wakhan, Amanullah s'écria : « Je vous accompagne », et joignant le geste à la parole il monta dans notre voiture, une Toyota bleu marine. Je manifestais quelque étonnement et avançais qu'il serait judicieux de l'accompagner chez lui afin qu'il se munisse de ses effets personnels, mais il répliqua : « J'ai mon revolver, j'achèterai une chemise à Kaboul, je suis prêt, on y va. » Il claqua la porte, le chauffeur démarra en murmurant : « *Bismillah...* » Je ne savais pas qu'Amanullah allait rester un mois entier avec nous et devenir un ami. Je me rappelle avoir pensé – alors que la voiture dépassait un dernier poste de contrôle où une demi-douzaine de gardes armés s'abîmait dans la contemplation d'une radiocassette éructant une affreuse soupe bollywoodienne – que l'aventure servait peut-être à cela : rencontrer sur son chemin des hommes qui vous jettent des leçons au visage. Celle d'Amanullah tenait en quelques mots : *la vie est trop courte pour repasser chez soi.*

Depuis lors, quand l'existence me place devant une bifurcation, me somme de choisir une voie, je me souviens de mon ami afghan et tâche de ne pas me diluer en atermoiements. J'essaie de sauter au cou de l'imprévu comme à celui d'un ami bien cher trop longtemps attendu.

Oh, j'en ai rencontré de ces professeurs hors les murs ! Ils ne se doutaient pas qu'ils transperçaient ma vie et que leurs faits et gestes infléchiraient ma course.

Je me souviens de ces moines tibétains qui dansaient dans la tempête, à cinq mille cinq cents mètres, alors que la nuit de novembre tombait et que je fulminais de ne pas trouver d'abri : ils m'apprirent la désinvolture, la joyeuse insouciance et le mépris des contingences.

Je me souviens de cet Anglais riant de tout son cœur dans la blancheur du Sahara devant la roue brisée de sa bicyclette : il m'apprit que rien n'a d'importance pour qui sait la vie absurde.

Je me souviens de ce grimpeur de renom, épuisé par une semaine de pitonnage, retrouvant un second souffle, à deux heures du matin, à quelques longueurs du sommet d'une paroi fichée dans les sables de Socotra, l'île mystérieuse : il m'apprit que la joie peut réveiller d'un coup d'aiguillon les corps esquintés et les cœurs en doute.

Je me souviens de ces pêcheurs russes à bord d'un chalutier qui, au terme de la nuit, considérèrent comme des matelas soyeux les filets humides où ils jetèrent leurs corps rincés d'épuisement et détrempés de pluie : ils m'apprirent que tout est relatif et que le luxe ne se niche pas dans les marbres des palaces.

Je me souviens de ce bûcheron des taïgas qui m'avait accueilli dans sa cabane et que je retrouvai jour pour jour, un an plus tard, attablé dans la même position devant un bortsch fumant dont il leva la tête pour me lancer avec le plus grand naturel : « Ah, tu es revenu ? » Il m'apprit que le temps ne compte pas à qui vit de soupe et de grand air.

Je me souviens de ce Sibérien blessé à l'oreille qui refusait d'éponger le sang lui coulant dans le cou au prétexte que « de pauvres gens avaient été fusillés » sur l'île où nous abordions. Il m'apprit combien il y a d'inélégance à gémir de ses petits tracas lorsque l'on se tient sur un haut lieu.

Et je pourrais ainsi pendant une ou deux nuits égrainer la liste de mes maîtres. Non pas des maîtres lasalliens qui m'élevèrent dans l'esprit de Lamennais et la rigueur des hussards de la République, mais de mes maîtres de hasard. L'aventure est une école. Une école de fortune où la leçon se donne par des précepteurs inconscients de leur charge à des élèves inconstants, toujours sur le départ, mais venus de très loin pour recevoir l'enseignement...

Pour peu qu'on n'ait pas renoncé à faire de sa vie un voyage, on sera toujours l'élève de cette école-là, jusqu'à ce que la mort sonne les grandes vacances.

Je ne voudrais pas saluer mes maîtres de chair et d'os sans évoquer les morts. Il y a les professeurs dont je viens de parler : on les croise le jour, dans le plein vent, au hasard des carrefours. Et il y a ceux qui se côtoient la nuit, dans le silence de la lecture. Les écrivains de grands chemins sont mes autres maîtres. Je lis les livres de voyage, les récits d'aventure, les rapports d'expéditions, glanant les phrases que je hisserai, en bannière, au sommet de mes hunes intérieures. Je n'aurais pas été le même homme si je n'avais pas découvert que Thomas Edward Lawrence définit le nomadisme dans *Les Sept Piliers de la sagesse* comme « une discipline sociale à la morsure profonde », si je n'avais pas croisé la vigoureuse formule d'Alexandra David-Néel lançant aux cœurs timides que, « une fois en chemin, tout se simplifie », si je n'avais lu ce que Conrad écrit de son ténébreux héros : « Son besoin, c'était d'exister, et d'aller de l'avant au plus grand risque possible et avec un maximum de privations. » L'époque tient hélas pour ringard de piqueter une conversation de références, de jalonner la pensée de phrases cardinales, de planter dans le fil d'un récit le flambeau des sentences qui vous ont illuminé. Citer les auteurs serait un exercice d'un âge révolu. Il me semble, au contraire, que tenir dans sa besace quelques beaux mots d'auteurs est un viatique pour le voyage et pour la vie, un cordial efficace pareil à celui que les chiens Saint-Bernard portaient dans le tonnelet d'un roman collectif, leur avait affirmé que la grandeur des peuples est comptable des destins individuels.

Il leur avait offert l'aventure, pour le pire et le meilleur.

Et parce que la vie ne suffit pas.

accroché à leur cou. Dans l'adversité, au moment d'un choix difficile, dans la solitude d'une veillée, on recourra à ce secours.

La lettre du jésuite Antonio de Andrade, à son retour du Tibet au XVIIᵉ siècle, m'a ainsi souvent incité à la modestie lorsque je racontais mes propres aventures. Après des mois de lutte dans les déserts d'altitude, le religieux expédiait ainsi ses souffrances : « Grandes et variées furent les difficultés rencontrées en route. » La définition de la civilisation par Stendhal, comme alliance des « plaisirs les plus délicats à la présence constante du danger », m'a convaincu de toujours emporter quelques cigares avant une ascension. Et je dois d'avoir tenu bon, dans les glaçures d'un bivouac ou le harassement d'une marche de vingt-cinq heures, à la chanson des gardes suisses qui sert d'exergue au *Voyage* célinien et que je chantai jusqu'à la transe : « Notre vie est un voyage/Dans l'hiver et dans la nuit/Nous cherchons notre passage/Sous le ciel où rien ne luit. »

Une fois refermés les livres, l'aventure commence au moment où l'on franchit le parapet de l'habitude, où l'on s'époussette l'esprit de la poussière des certitudes, où l'on quitte le corset du confort et de sa métastase morale, le conformisme. En termes de chorégraphie (car la vie est une danse), l'aventure représenterait la plus gracieuse manière d'effectuer un pas de côté.

Et si elle offrait par surcroît l'expression aboutie d'une critique philosophique et politique à l'endroit des sclé-roses modernes ? L'anarchiste, le théoricien, l'opposant, l'indigné et le révolutionnaire, voulant la destruction du système, ont besoin du système, à l'image de la flèche cherchant sa cible ou d'Archimède réclamant un point de levier pour soulever la Terre. En d'autres termes, le dynamiteur ne vaut rien s'il ne dispose pas d'une citadelle où déposer sa charge. L'aventurier de mon cœur, lui, s'invente sa propre vie, la met en scène parfois, la conduit tant qu'il peut, tâche de l'écrire le plus librement possible. Il salue aimablement les convives du banquet auquel il ne s'attardera pas, s'enveloppe d'un geste lent dans une houppelande de feutre (l'hiver est rigoureux) et s'enfonce dans la nuit. Ce qu'il désire, ce n'est pas la chute de Rome mais d'*incroyables Florides*.

Il y a urgence à cingler aux mers lointaines ! À quoi convient-il d'échapper, demandez-vous ? Une observation rapide de notre monde urbain, soumis aux oukazes de la technique moderne et plié aux nécessités de l'efficacité, constitue un pensum nécessaire mais suffisant à faire résonner en soi l'appel des départs sans retour. Les intellectuels clament *la fin de l'Histoire*, les écologistes dressent le constat de l'arraisonnement du monde, le personnel politique hisse le pavillon de la *normalité* aux mâtures du navire. Pendant ce temps, dans nos villes où les écrans sont plats, l'acquisition d'une machine à café automatique constitue un horizon limite (*what else ?*), Tom Sawyer défile dans les rues pour ses retraites et, dans les rames de métro, un petit panonceau s'adresse aux *usagers* (comme on appelle aujourd'hui les voyageurs), dans une langue pour vieillards, en leur rappelant ceci : « Préparer ma sortie facilite ma descente.» Les pouvoirs publics exhortent leurs citoyens à «bouger plus» pour lutter contre le nouvel ennemi qui se presse aux frontières : le cholestérol. Les administrateurs travaillent à corseter nos menus faits et gestes pour notre bien, c'est-à-dire «pour notre santé et notre sécurité». Tocqueville, dans son chapitre sur le «despotisme que nos nations démocratiques ont à craindre» (in *De la démocratie en Amérique*), avait génialement prédit que «c'est surtout dans le détail qu'il est dangereux d'asservir les hommes»...

Et si l'aventure constituait la possibilité d'une fuite ? La griserie face à la grisaille promise ? Le moyen de quitter les mangroves de cette existence trop terne. Je prends les phrases qui s'élèvent de la *Fairy Queen* de Purcell pour l'hymne suprême de l'aventure : «*Let us leave, let us leave, let us leave the town.*» Les voyageurs répugneront à avouer qu'ils cherchent à s'échapper. Ils préféreront dérouler de plus nobles motifs. Les uns affirmeront partir se frotter à l'altérité, faire usage du monde, épouser des causes, prêter main-forte aux démunis, s'engager dans les rangs d'une armée romantique ou défricher des parcelles de jungles inconnues. L'importance universelle de la découverte d'un ruisseau tibétain, le séquençage de l'ADN des pangolins de la Pampa, la levée d'une carte précise dans un désert oublié, la nécessité impérative de remplir jusqu'à la gueule les collections d'insectes des musées, l'impossibilité de trouver le sommeil alors que le sommet de tel massif himalayen est vierge : tout sera bon pour justifier la levée des amarres. Et si la valeur de l'aventure, sa vertu cachée, son motif mineur, comme on dit en musique, résidait simplement dans l'antidote qu'elle procure à l'ennui ? *N'importe où ! N'importe où !* gémit l'âme Baudelaire, sommant le *voyage* de l'arracher au spleen.

Puisque le monde globalisé veut nous soumettre aux joies du supermarché et nous ligoter dans le corset des régulations, choisissons l'aventure ! Elle est le contre-poison à ce cocktail lytique, mixte de prévoyance et de modération que les laborantins marchands et les sorciers technocrates nous préparent sur leurs paillasses. L'aventure pourvoit les vertus que les gestionnaires du *parc humain* (pour reprendre la terrible expression du philosophe allemand Peter Sloterdijk) s'emploient à combattre de toutes leurs forces administratives : la responsabilité individuelle, l'imprévu de l'existence, l'audace morale et physique.

L'aventure apporte le danger : un marin avouait, l'autre jour, à la radio, que dans une perspective purement juridique la course du Vendée Globe, avec ses esquifs jetés dans la broyeuse des quarantièmes rugissants, n'était pas une manifestation légale.

L'aventure exhorte à la curiosité, invite à se détourner des écrans pour regarder par la fenêtre. Moyen ardu d'accéder à l'essentiel, elle prétend que les explications officielles ne sauraient être tenues pour acquises. Une force qu'on appelle la curiosité empêche les *cœurs aventureux* de se contenter de ce qu'ils ont appris. La géographe Florence Trystram avait campé dans l'un de ses livres le bel archétype de l'homme préhistorique, père de tous les aventuriers, à qui il avait pris un jour l'idée de quitter la tribu, de franchir le halo rassurant du feu de bois et de s'enfoncer dans les ténèbres. Il étanchait ainsi cette soif inextinguible de l'homme : connaître ce qui se cache derrière un horizon.

L'aventure institue en valeur suprême la gratuité de l'acte. Quand Felix Baumgartner fendit l'espace, en chute libre, à la fin de l'année 2012, son exploit valut par sa beauté, le salut adressé au rêve d'Icare, l'adresse à Prométhée, la célébration du dépassement. Il se trouva les habituelles voix pour dénoncer l'inutilité de la chose. Ainsi, les professionnels de l'ergotage ne saisissaient pas que c'était l'inutilité qui sacrait la beauté du geste. Hillary, descendant de l'Everest, avait baptisé cette offrande « la bénédiction de l'action ».

L'aventure vole du temps à la mort. Si *routiers et capitaines* repartent sur le chemin, sans s'accorder répit, sans prendre de repos, c'est parce qu'ils mesurent combien l'existence se déploie lorsqu'elle est engagée sur des voies difficiles. L'aventure est un principe intensificateur, elle densifie les émotions, alourdit le souvenir, retient le temps. Par un phénomène mécanique de contraste, elle confère aux bonnes et simples choses – un après-midi de soleil sur une terrasse silencieuse, un concerto de Schubert écouté dans les bras d'une bien-aimée – une valeur inestimable. Après la *vie dangereuse* telle que l'avait baptisée Cendrars, une poignée de jours paisibles paraîtra un trésor.

Je rentrai récemment de Russie, au guidon d'une

motocyclette side-car de marque russe, en suivant l'itinéraire des soldats de la Grande Armée au cours de leur effroyable retraite de Russie. Passèrent Borodino, Smolensk et Vilnius. La neige tombait en Biélorussie, puis la température chuta et j'imaginais dans ces plaines sans limite le spectacle de la cohorte d'hommes réduits à l'état de demi-squelettes, titubant en haillons sous des ciels noircis de corbeaux. Défilaient les étapes qui furent des champs de bataille glorieux, puis les stations du calvaire. Sous mon casque congelé, je me remémorais les statistiques de l'horreur : trois cent mille morts du côté français, et je me demandais pourquoi, à de rares exceptions près, les soldats de l'armée défaite ne manifestèrent pas davantage de rancœur à l'égard de Napoléon. Après tout, le Corse les avait menés au désastre et il aurait été facile de pointer son impéritie ! L'empereur avait cru que l'intendance suivrait, négligé les facteurs climatiques et mésestimé la rage patriotique des Russes. Pourquoi ne stipendiait-on pas, dans les rangs, sa mégalomanie coupable ? Pourquoi les hommes continuaient-ils à tenir le garde-à-vous quand le responsable de leur cauchemar passait sur son cheval ? Conservant le quatre-vingts à l'heure à bord de mon Oural sur les routes englacées, emmitouflé sous huit couches de vêtements *techniques*, je me disais que la réponse tenait dans le rêve que Napoléon avait proposé de bâtir à son armée et dans le mirage que ses soldats avaient cru saisir. L'empereur leur avait promis une geste, les avait conviés à l'écriture

Il faut jouer avec le feu

Gérard Chaliand

Voyageur, poète, spécialiste des conflits irréguliers en tant qu'homme de terrain durant trente ans sur quatre continents, Gérard Chaliand a contribué au renouveau de la géopolitique et de la stratégie militaire. Il a, par ailleurs, enseigné à l'ENA, à l'École de guerre, à Harvard, Berkeley, Singapour, Le Cap, Montréal, Tbilissi, etc. Auteur, notamment, de L'Atlas stratégique *(Fayard, 1983),* Guerres et Civilisations *(Odile Jacob, 2009),* Géopolitique des empires *(Arthaud, 2010) et du premier tome de ses Mémoires :* La Pointe du couteau *(Robert Laffont, 2011 ; Points Aventure, 2013).*

Se hace camino al andar.[1]
Antonio Machado

Je tiens l'esprit d'aventure pour la respiration même de la vie.

La vie elle-même est l'aventure unique.

Autrefois, il me semblait que cette soif particulière ne se restreignait pas à un petit nombre de gens décidés à tirer de l'existence quelque chose de nouveau, d'héroïque peut-être, décidés à marcher, en tout cas, vers l'inconnu.

La société dans laquelle j'avais grandi véhiculait volontiers, à travers l'école communale, des modèles de courage, d'endurance et de recherche du risque. Je me souviens de mon instituteur breton lorsqu'il évoquait les pontonniers du général Éblé, qui sauvèrent la Grande Armée de la Bérézina, au prix de leur vie ; d'un autre enseignant, monsieur Guy – il avait perdu un bras durant la Grande Guerre –, qui nous conta l'obstination passionnée de Bernard Palissy brûlant jusqu'à ses meubles pour trouver

1. « On trace le chemin en marchant. »

49

le secret de l'émail. Monsieur Guy me fit connaître les chansons de geste. Ces récits se mêlaient à ceux de mon père sur la guerre de Troie et le retour d'Ulysse en sa patrie, alors que je ne savais pas encore lire.

Plus tard, mon bagage mental s'est enrichi de sources diverses, mais toutes me semblaient converger vers le désir de départ, du monde, de l'ailleurs, d'épreuves à affronter, de découvertes.

Par la suite, les événements et l'esprit du temps m'ont poussé à participer le plus pleinement possible à l'histoire en train de se faire, le plus souvent par la violence. J'en ai aimé le cheminement clandestin, le risque, la poudre et la camaraderie, dans ce qui se pouvait partager, avec parfois la grâce d'amitiés durables, mais aussi des rencontres qu'on dénommerait « sans lendemain » si elles n'étaient inscrites profondément dans la mémoire de la peau.

Enfin, plus tard encore, après nombre de séjours prolongés dans bien des sociétés autres, après en avoir appris les règles et les récits fondateurs, avoir connu les pauvres et les riches, le peuple et les dirigeants (toujours provisoires), l'esprit d'aventure, pour moi, s'est confondu avec la quête et la connaissance du monde. Ses lois, presque toujours fondées sur les rapports de force, son intrinsèque tragédie.

Au bout de l'expérience et des risques assumés ici et là, il s'agissait peut-être de parvenir à cesser d'être myope. La vie est bien trop courte pour seulement gagner de l'argent afin d'en dépenser davantage. La richesse culturelle de la connaissance du monde, payée par le risque physique, l'insécurité assumée et l'attachement à l'indépendance, est inestimable.

Aujourd'hui, lorsque je reviens d'un ailleurs, le plus souvent dans une situation précaire, je retrouve, dans mon Europe comme dans mon pays, une société de plus en plus préoccupée, depuis plusieurs décennies, par une sécurité qui serait menacée. La société européenne est devenue craintive et son angoisse est entretenue, sinon provoquée, par les médias. Comment, dans un tel climat, alors que l'État-providence se mue en État-protecteur et multiplie les mises en garde, encourager les jeunes à assumer leur goût du risque ? Alors que nous avons vécu des décennies de paix et de prospérité, tout semble brider le citoyen à l'heure où, dans une société en crise qui trop longtemps a vécu au-dessus de ses moyens, on a besoin d'esprit d'initiative, de liberté d'entreprendre, d'adaptabilité. On n'exalte plus le courage, on cherche à rassurer.

Aux États-Unis, le pays militairement le plus puissant du monde, la population est sans doute également la plus terrorisée, après plus d'une décennie de menaces concernant un possible attentat de destruction de masse. Le cinéma produit d'innombrables films catastrophes et les guerres, désormais, se gagnent à Hollywood (*Rambo, Le Faucon noir, Démineur*, etc.). Cependant, les États-Unis ont davantage d'adaptabilité que la France et une grande partie de l'Europe et un esprit d'innovation non découragé par nos systématiques lourdeurs administratives et bureaucratiques. Il y a plusieurs décennies déjà que nous sommes devenus notre principale menace, à force de conservatismes corporatistes, d'un État qui n'en finit pas de promettre de se réformer. Le langage du courage consiste à reconnaître que les années de relative prospérité sont derrière nous, pour une période prolongée.

Il y aura toujours, cependant, de jeunes hommes et de jeunes femmes qui ne voudront pas, d'emblée, se mettre à l'abri. L'appel de l'aventure, quel qu'il soit, est chevillé au corps de l'espèce aussi profond que le souci de sécurité. Et c'est la jeunesse, le plus souvent, qui est encline à prendre des risques. Lorsqu'on n'est pas enchaîné par la misère, l'ignorance et des traditions contraignantes, comment ne pas être, à l'adolescence, fasciné par tout ce qu'offre le fait d'exister ?

J'ignore quelle est la proportion de gens, femmes ou hommes, qui, au moins virtuellement, ont l'esprit d'aventure. Chacun d'entre nous est constitué d'une somme plus ou moins limitée de possibles dont la plupart, sans doute, ne seront pas explorés. Les circonstances extrêmes amènent certains à découvrir d'eux-mêmes, pour le meilleur et parfois le pire, ce qu'ils ignoraient ou ne faisaient que pressentir. C'est jeune, lorsqu'on draine encore certains des rêves de l'enfance nourris d'images et de récits qui fondent l'imaginaire, qu'il faut tenter de réaliser les plus risqués. L'adolescence est l'âge de la rupture, pour ceux qui sont armés de courage, de soif de découverte du monde et de soi.

À mes yeux, cette rupture s'opère par le voyage, école du monde, comme la chasse est celle de la guerre. L'aventure est inscrite dans ce premier voyage solitaire, celui du risque assumé. C'est le coup d'essai lorsque l'enthousiasme l'emporte sur l'appréhension, lorsqu'on commence à prendre connaissance de soi-même, de ce qu'on peut, de ce qu'on aime – et qui permet à chacun, par la suite, de choisir son chemin mieux armé.

Il y a dans cette aube du monde qu'est l'adolescence un moment de poésie que Blaise Cendrars, qui savait faire rêver, a mieux que d'autres exprimé dans la *Prose du Transsibérien et de la petite Jehanne de France*, dont voici un extrait :

> En ce temps-là j'étais en mon adolescence
> J'avais à peine seize ans et je ne me souvenais déjà plus
>   de mon enfance
> J'étais à seize mille lieues du lieu de ma naissance
> J'étais à Moscou, dans la ville des mille et trois clochers
>   et des sept gares
> Et je n'avais pas assez des sept gares et des mille et trois tours
> Car mon adolescence était alors si ardente et si folle
> Que mon cœur, tour à tour, brûla comme le temple d'Éphèse
>   ou comme la Place Rouge de Moscou
> Quand le soleil se couche.
> [...]
> Le Kremlin était comme un immense gâteau tartare
> Croustillé d'or,
> Avec les grandes amandes des cathédrales toutes blanches
> Et l'or mielleux des cloches...
> Un vieux moine me lisait la légende de Novgorode
> J'avais soif.

[...]
J'avais faim
Et tous les jours et toutes les femmes dans les cafés et
    tous les verres,
J'aurais voulu les boire et les casser
[...]
Et liquéfier tous ces grands corps étranges et nus sous les
    vêtements qui m'affolent...
Je pressentais la venue du grand Christ rouge de la révo-
    lution russe...
[...]
En Sibérie tonnait le canon c'était la guerre
La faim le froid la peste le choléra
Et les eaux limoneuses de l'Amour charriaient des millions
    de charognes
Dans toutes les gares je voyais partir tous les derniers trains
Personne ne pouvait plus partir car on ne délivrait plus
    de billets
Et les soldats qui s'en allaient auraient bien voulu rester...
[...]
Moi, [...] je pouvais aller partout
Et aussi les marchands avaient encore assez d'argent
Pour aller tenter faire fortune.
Leur train partait tous les vendredis matin
[...]
Or, un vendredi matin, ce fut aussi mon tour
On était en décembre
Et je partis moi aussi pour accompagner le voyageur en
    bijouterie qui se rendait à Kharbine
Nous avions deux coupés dans l'express et 34 coffres de
    joaillerie de Pforzheim

De la camelote allemande « *Made in Germany* »
[…]
Je couchais sur les coffres et j'étais tout heureux de pouvoir
   jouer avec le browning nickelé qu'il m'avait aussi donné
[…]
Nous avions volé le trésor de Golconde
Et nous allions grâce au transsibérien le cacher de l'autre
   côté du monde
Je devais le défendre contre les voleurs de l'Oural qui
   avaient attaqué les saltimbanques de Jules Verne
Contre les Khoungouzes les boxers de la Chine
Et les enragés petits Mongols du Grand-Lama
Alibaba et les quarante voleurs
Et les fidèles du terrible Vieux de la montagne
[…]

Il y a, dans ces fragments, à peu près tout ce qui peut faire rêver lorsqu'on a 16 ans, c'est en tout cas le souvenir que j'en garde. L'évocation d'un ailleurs, d'autant plus ailleurs qu'il se situe dans un autrefois.

Nous sommes en Russie tsariste, peu avant la guerre et la révolution bolchevique. On évoque ici la guerre en Mandchourie (1904-1905) que gagnèrent les Japonais, à l'étonnement du monde, dominé par les « Blancs », quand ceux-ci se considéraient comme les seuls civilisés. La première victoire, à l'ère industrielle, d'un État asiatique qui s'était mis à l'école de l'Europe.

Ce très jeune homme, auquel un moine conte la légende de Novgorod, vieille cité marchande aux limites extrêmes de la Hanse, se retrouve embarqué dans le train continental qui s'étire le long des steppes conquises, jadis, par les cosaques. Notre adolescent de 16 ans voyage avec des marchands qui savent tirer profit des circonstances pour s'enrichir, mais lui s'imagine qu'il va cacher un trésor au bout du monde, à moins qu'il n'en cherche un dans la malle des rêves de son enfance où se retrouvent Jules Verne, Ali Baba, les quarante voleurs et le Vieux de la montagne. Nous sommes en pays de connaissance, nous avons lu les mêmes livres, partagé les mêmes chimères.

Et n'est-ce pas là ce que nous cherchons, plus ou moins dans le voyage, au moins dans ceux, comme le premier, où l'on se lance dans l'inconnu ? Je relis ces fragments, très longtemps après la première fois. Tout est intact dans cette horlogerie imaginaire, faite pour inciter à rêver et, pour certains, à partir à leur tour.

Ainsi des débuts.

Peut-être donneront-ils une ouverture hors des provinces dont nous sommes tous issus, contrées auto-centrées, du plus petit au plus grand de nos pays, sans grande connaissance du monde extérieur. Peut-être l'un ou l'autre de ces voyageurs débutants aura-t-elle (ou il) le feu sacré et voudra tenter le rare parcours, à l'échelle d'une vie entière, du champ du possible ? Nul n'est tenu aux extrêmes, mais cet esprit d'aventure, aujourd'hui peu encouragé au nom de la sécurité, a bien des vertus.

Chercher du nouveau rend attentif et ouvert au monde, et contribue à rendre l'existence excitante. On remet en question, on s'adapte, on tente et le succès est déjà dans le défi relevé. La vie est par nature changeante et le fait d'assumer les risques permet de s'adapter avec aisance aux changements, qu'ils soient sociaux ou spatiaux.

L'esprit d'aventure est, par définition, combatif, il permet de persévérer devant l'adversité. Mieux, il cherche l'épreuve pour s'essayer, puis, plus tard, par goût, par souci de rester aux aguets. C'est une école de courage, le contraire même de la sécurité à tout prix. Il implique la recherche de l'imprévu, du risque, de l'inconnu. C'est le quotidien d'une minorité : artistes, chercheurs, entrepreneurs, voyageurs, témoins du monde, animés du désir d'échapper au confort des sentiers battus, par tempérament ou par passion.

Je conçois l'esprit d'aventure comme un itinéraire assumant l'insécurité sur le long terme. Il est fondé sur la sobriété des besoins, condition de la liberté, et sur le courage de dire « non », même lorsque c'est difficile. Tel que je l'entends, il habite ceux qui, sachant que l'existence est brève, sont déterminés, quel qu'en soit le prix, à tirer d'eux-mêmes et du monde tous les possibles. Quand le navire passe, embarque.

Avec le temps, il ne faut pas perdre la souplesse, tant de l'esprit que des muscles. Rester ouvert et adaptable, attentif à garder contact en dehors de sa classe d'âge. Si l'on veut transmettre, il faut savoir susciter le désir d'écouter.

Le goût du nouveau, du risque, diminue fortement avec les années. Plus on avance et plus le courage est nécessaire afin de ne pas perdre le goût de combattre.

Il faut garder tranchant le fil du couteau de sa vie.

Je ne regrette pas le fanal arrière du temps qui s'éloigne.

Il n'y a pas eu maldonne.

Esprit d'aventure et principe de précaution
Le risque est un droit humain

Jean-Christophe Rufin

Médecin, historien, globe-trotter, écrivain et diplomate français, Jean-Christophe Rufin a été élu en 2008 à l'Académie française. Auteur de romans d'aventures, historiques et politiques, il a notamment signé Rouge Brésil *(Gallimard, 2001) – lauréat du prix Goncourt en 2001 –,* Katiba *(Flammarion, 2010) et* Le Grand Cœur *(Gallimard, 2012).*

Pour mesurer l'importance de l'esprit d'aventure, pour en faire autre chose qu'une lubie d'excentriques ou une passion triste d'enfants blasés, je crois que le meilleur moyen est de définir cette notion par son contraire. Qu'est-ce que le contraire de l'esprit d'aventure ? C'est le refus du risque et la victimisation généralisée dans laquelle s'enfonce, hélas, notre société. Une notion résume cette tendance : le principe de précaution.

En mettant en cause ce principe, j'ai conscience de m'attaquer à une valeur en hausse, à un chapitre nouveau mais très solide des droits de l'homme. Jamais formulé, il pourrait se résumer ainsi : dans nos États développés, chaque citoyen doit être placé à l'abri du risque, ne doit subir aucun préjudice. Sa vie doit être protégée de tout aléa et, en cas de drame ou seulement d'épreuve, il a le droit de devenir une victime, c'est-à-dire de demander réparation.

On comprend pourquoi j'y vois l'exact contraire de l'esprit d'aventure. L'aventure, c'est se résoudre à l'inconnu, donc au risque. L'aventure, c'est la volonté de se sentir responsable, c'est-à-dire de n'incriminer personne pour les souffrances, dommages, préjudices que l'on pourrait éventuellement subir. L'aventure, c'est être actif et non passif, souverain de sa vie et non sujet implorant du maître tout-puissant que serait « la société ».

L'intérêt, à mes yeux, de mettre en relation l'esprit d'aventure et son contraire, le principe de précaution, c'est de faire sortir le premier de son ghetto. Trop souvent, l'aventure aujourd'hui est vue comme le domaine des marges, l'univers des mots en *ex-* : sports de l'*ex*trême, *ex*péditions dans des terres lointaines, *ex*ploits aux limites de l'humain, comme le saut en parachute du haut de la stratosphère, la descente à surf des couloirs de l'Everest ou la plongée en apnée à de grandes profondeurs. Cette perception de l'aventure a le grand avantage d'en faire un spectacle mais surtout de l'évacuer du monde de tous les jours. L'esprit d'aventure, ce serait, en somme, ce qui permettrait à des êtres d'*ex*ception de s'affranchir des contraintes ordinaires de la vie normale.

Au contraire, le principe de précaution, lui, est au cœur de notre vie quotidienne. C'est le refus du risque pris par le malade à l'hôpital, par le piéton qui traverse une rue, par la ménagère qui met en marche son nouvel appareil électroménager. Formulé comme cela, il peut paraître légitime et incontestable, mais le principe de précaution va au-delà : c'est le refus du risque inhérent à une nouvelle technologie, comme les OGM ou le gaz de schiste ; c'est la pénalisation de l'audace du médecin qui tente un traitement nouveau ou un geste thérapeutique incertain pour sauver un patient ; c'est la mise en cause du principe même des sports à risque comme l'alpinisme ou la plongée.

Il faudrait affiner l'analyse et distinguer le *risque inconnu*, lié à une innovation, du *risque probable*, lié à des activités connues mais dont il est impossible d'éliminer tous les aléas. Le premier est l'objet stricto sensu du principe de précaution ; le deuxième suscite tout un ensemble de réactions qui vont de l'assurance à la revendication, en passant par l'interdiction. Dans les deux cas, qu'il s'agisse d'un risque futur ou d'un risque avéré, nos sociétés se caractérisent par la volonté de considérer l'être humain comme une victime, réelle ou potentielle, et non comme un acteur. Désormais, on ne *prend* plus de risque, par l'effet d'un choix libre et volontaire, on *subit* un risque et, partant, on devient une victime.

Cet état de fait est nouveau. Si nous regardons comment se sont construites nos économies développées, on verra qu'elles ont essentiellement progressé grâce à la prise de risque.

Le chemin de fer, l'automobile, l'aviation n'ont pris leur essor qu'au prix de nombreux accidents et d'une prise de risque constante des ingénieurs comme des premiers utilisateurs. Le domaine médical n'a connu d'avancées qu'au prix de sacrifices douloureux. La première greffe du cœur s'est soldée par la mort presque immédiate du patient ; il avait pris le risque conscient et assumé de subir cette « première » chirurgicale, moins dans l'espoir d'en tirer un bénéfice que dans l'intention généreuse de faire avancer la science. Les médicaments d'une incontestable efficacité comme l'aspirine ou les neuroleptiques ne recevraient peut-être plus aujourd'hui leur autorisation de mise sur le marché car ils sont peu spécifiques et l'on considérerait que leur action comporte trop d'effets secondaires. Ce sont pourtant ces effets secondaires qui ont pu constituer, dans le cas de ces vieux médicaments, des effets utiles : ainsi l'aspirine, au départ un anti-inflammatoire, s'est révélée être aussi un anti-agrégeant des plaquettes et, partant, très utile dans la prévention des maladies cardio-vasculaires.

Le domaine spatial est également marqué dans son histoire par la constance de la prise de risque. Souvenez-vous des premières pages du roman *L'Étoffe des héros*, de Tom Wolfe et Paule Guivarch, qui évoquait le franchissement du mur du son. Chaque essai se soldait par des morts, les pilotes perdant le contrôle de leur engin à l'approche de Mach 1. Jusqu'à ce qu'un jour, dans un grand « bang », l'un d'eux franchisse ce mur. Lorsque l'on visite, dans les musées consacrés à l'espace, les premiers engins utilisés pour mettre des humains en orbite, on est affolé par leur caractère rudimentaire et par les risques qu'acceptaient de courir ceux qui y prenaient place.

On pourrait multiplier les exemples. Ils prouveraient tous que nos sociétés procèdent de l'esprit d'aventure et non du principe de précaution.

On dira qu'il fallait, un jour ou l'autre, que soient limités les effets nocifs du progrès sur les humains et que la reconnaissance du statut de victime est un acquis civilisationnel. Les partisans du principe de précaution appliqué à l'environnement font valoir aussi que l'innovation ne peut se faire à n'importe quel coût pour la nature. Nous serions ainsi entrés dans une phase plus apaisée des rapports entre les humains et leur terre, entre eux et les politiques, les savants. Nous serions, en somme, parvenus à l'ère de la responsabilité.

Sans doute. Et il est légitime que soit posée la question des dommages causés aux autres, c'est-à-dire de la réparation des préjudices subis par ceux qui n'ont rien demandé. Il faudrait donc distinguer le *risque volontaire*, celui que prennent ceux qui ont le choix, du *risque passif*, infligé à ceux qui n'ont aucun moyen de s'y soustraire. Comment ne pas voir cependant que les deux sont liés ? Dans le domaine médical, par exemple, la réparation du risque va loin. Qu'il s'agisse, en France, de la coûteuse loi Kouchner ou, aux États-Unis, des procès intentés aux médecins, tout concourt au même résultat : interdire toute prise de risque. Or il n'y a pas de médecine sans incertitude, donc sans risque. L'art du médecin consiste à peser ces risques et, lorsqu'ils en valent la peine et en en informant le patient, à les prendre. C'est de moins en moins possible et, sous couvert de protéger le malade, on met cet art en danger car on dissuade le médecin de toute initiative.

Une de mes connaissances a vécu un cauchemar, à Boston, après s'être cassé le bras en faisant du sport.

Amené à l'hôpital, le malheureux s'est vu remettre une feuille sur laquelle étaient inscrites trois possibilités :

1 - Mettre un plâtre
2 - Opérer
3 - Ne rien faire

N'étant pas médecin, il a demandé à ses interlocuteurs de lui donner leur avis sur la meilleure solution à choisir. Réponse : nous ne pouvons pas car, si nous vous influençons, nous devenons responsables et vous pourriez, en cas de problème, nous attaquer en justice.

On voit bien que le principe de précaution doit être tempéré pour rester raisonnable et ne pas se retourner contre ceux qu'il prétend défendre. Or, par nature, l'approche victimaire est totalitaire. Le principe de précaution n'a pas de limite car toute activité comporte un risque et on n'en a jamais fini avec les interdictions. On le voit clairement dans la lutte contre le tabagisme qui repousse sans cesse son combat pour les restrictions et autres prohibitions, s'attaquant aux terrasses et aux plages après avoir banni la cigarette des bureaux et des bars.

De même, la lutte contre le risque subi passivement conduit aussi à vouloir interdire le risque volontaire. Pratiquant l'alpinisme depuis des années, j'observe la mise en cause de plus en plus inquiétante de cette activité. L'an dernier, grimpant en falaise avec un ami, j'ai eu à déplorer un malaise de mon compagnon de cordée qui a fait une chute, heureusement assez bas, et s'est cassé une vertèbre. À l'arrivée de l'hélicoptère et avant de s'intéresser au blessé, les gendarmes ont commencé par m'interroger sans ménagement pour savoir si j'étais guide, si j'avais une assurance, si le dispositif d'assurage était conforme aux normes... Bref, la faute était leur première préoccupation et avec elle une éventuelle incrimination. Je connais quelques guides qui ont eu leur vie professionnelle et personnelle gâchée à la suite d'accidents que, pourtant, ils ne pouvaient pas éviter. Tôt ou tard, cette activité sera limitée, encadrée, peut-être payante. La prise de risque, même volontaire, sera interdite.

Nous devons réfléchir à ce que signifie l'entrée dans une société de victimisation généralisée. L'innovation sera-t-elle encore possible, dès lors que toute activité nouvelle comporte, par définition, des risques impossibles à évaluer ? Il n'y a pas un tunnel aujourd'hui, un barrage, un aménagement ferroviaire ou routier qui ne déclenche des manifestations menées au nom du principe de précaution. Les chercheurs sont vus désormais comme des apprentis sorciers et toute nouvelle thérapeutique suscite méfiance et hostilité.

On comprend mieux pourquoi les pratiquants d'activités dangereuses sont repoussés vers les extrêmes : c'est qu'ils sont bannis de la société.

Le rêve d'un monde sans risque est-il autre chose qu'un cauchemar ? Je ne le crois pas. Pour deux raisons principales. La première est que le risque est aussi un besoin. Les jeunes à qui on l'interdit le réinventent autrement. C'est sans doute l'une des explications de l'échec des campagnes antitabac. Jamais le tabagisme n'a été aussi important chez les jeunes, comme si, en leur montrant d'horribles photos sur des paquets de cigarettes, on rendait cette activité désirable. Les comportements « à risque » comme l'abus d'alcool, la consommation de tabac, la conduite automobile dangereuse se multiplient. Faute de pouvoir investir leur besoin de risque dans des activités licites, les jeunes se replient sur ces ersatz misérables de l'esprit d'aventure que sont les comportements autodestructeurs.

L'autre effet du cauchemar, c'est l'immobilisme, la haine de l'innovation. Une société victimaire est une société en régression ou, à tout le moins, en stagnation.

Alors, accepter le principe de précaution, oui, mais à condition de l'équilibrer toujours et partout par... l'esprit d'aventure. On voit que cette notion n'est en rien réservée aux forêts tropicales ou à la haute atmosphère ; elle est utile et nécessaire au cœur de nos sociétés. Défendre l'idée du risque volontaire, conscient, maîtrisé, plaider pour que la recherche, l'innovation, la découverte soient partout privilégiées, préserver la liberté que représentent les activités sportives audacieuses pour offrir à la jeunesse un autre champ d'action que l'autodestruction, sont des nécessités absolues.

La dignité de l'être humain est de ne pas se soumettre à des forces qui le dépassent et l'oppriment. Ces forces, jadis, étaient celles de la nature : la pesanteur, la maladie, la rareté des choses. Aujourd'hui, c'est la tyrannie du droit, la pression de la société, avec la terrible bonne conscience des régimes démocratiques.

L'esprit d'aventure, c'est la grande cause de l'humain. Ici et aujourd'hui.

Tremper sa plume
à l'encre de la vie

Bruno Corty

Bruno Corty est né à Paris en 1963. Aventurier passif, il a passé le dernier quart de siècle à voyager au cœur des littératures pour Le Figaro littéraire *où il occupe les fonctions de chef de service depuis 2003. Il apparaît en 2013 au sommaire d'une anthologie intitulée* Ces livres qui ont fait scandale.

À en croire certains, l'esprit d'aventure a du plomb dans l'aile. On nous dit que les récits des voyageurs d'hier, marins, explorateurs, poètes, baroudeurs, ne font plus rêver les jeunes qui leur préfèrent mp3, Wii, smartphone. On nous affirme que le goût du risque se vit désormais à domicile devant son écran plat 3D à résolution Full HD sur lequel défilent, dans le meilleur des cas, des images de la chaîne Voyage, dans le pire, celles de Fort Boyard, Koh Lanta ou Fear Factor… On nous interroge : à quoi bon prendre le large quand Google Earth vous emmène partout ?

Sylvain Tesson, écrivain-voyageur talentueux, amoureux de Sibérie, de solitude, d'alcools forts, a trouvé la formule qui résume parfaitement l'époque frileuse, rabougrie, déboussolée dans laquelle nous vivons : « Autrefois, le rebelle, c'était un voleur de grand chemin qui redistribuait l'argent aux pauvres […]. Aujourd'hui, c'est un type qui allume une clope dans un bistro, embrasse une fille sous son masque anti-grippe A, boit trois verres de vin au lieu de deux et démarre sans mettre sa ceinture. »

Le monde se rétrécit à vue d'œil, c'est indéniable. La planète va mal. Pollution, désertification, déforestation, surpopulation, famines, catastrophes naturelles, guerres… N'en jetez plus, la coupe est pleine ! Faut-il pour autant baisser les bras, étouffer toute curiosité, toute envie d'explorer, tout désir de liberté ?

À l'heure où le tout-numérique envahit la planète, où l'on facebooke, tweete, googlise à tout-va, où l'orthographe se désagrège, réduite à sa plus simple et désolante expression, il existe, ici et là, des hommes riches d'enthousiasmes, désireux d'ailleurs, capables de prendre des risques et, à travers les mots, de faire partager leurs émotions. Aux frileux qui s'interrogent : l'aventure, pour quoi faire ? les réponses ne manquent pas. Pour dire le monde, pour s'évader, pour se mettre en danger, pour se perdre, pour aller à la découverte des autres, pour résister aux pressions de la vie moderne, aux interdits, aux règlements, à l'absurde, pour se dépouiller de l'inutile de l'existence, pour trouver l'inspiration. Peu importe le flacon pour peu qu'on ait l'ivresse !

Écoutons les anciens, fions-nous à leur sagesse ou à leur folie. Écoutons Cendrars : « Quand tu aimes il faut partir », Baudelaire : « Ô Mort, vieux capitaine, il est temps ! levons l'ancre !/Ce pays nous ennuie, ô Mort ! Appareillons ! » Verlaine : « En route, mauvaise troupe ! » Lautréamont : « Moi, comme les chiens, j'éprouve le besoin de l'infini », et Mallarmé : « Fuir ! là-bas fuir ! »

Oui, répondre à l'appel du large. Comme une évidence. Souvenons-nous de Segalen : « Il y a une chose qui m'est impossible, c'est la vie sédentaire. » Pour d'autres, comme Nicolas Bouvier, la vérité, « c'est qu'on ne sait pas comment nommer ce qui vous pousse. Quelque chose en vous grandit et détache les amarres, jusqu'au jour où, pas trop sûr de soi, on s'en va pour de bon. Un voyage se passe de motifs. Il ne tarde pas à prouver qu'il se suffit à lui-même. On croit qu'on va faire un voyage, mais bientôt c'est le voyage qui vous fait, ou vous défait. » Défait. Ce mot nous rappelle que l'aventure aujourd'hui et demain, ce n'est pas le virtuel, ce n'est pas l'exploit pour l'exploit sous l'œil des caméras et des sponsors, c'est le risque, assumé, recherché, c'est l'imprévu, la mise en danger.

À la bataille de Lépante, en 1571, le soldat et mercenaire Cervantès laisse un bras. En janvier 1891, Joseph Conrad est au plus mal. De son expédition au Congo, il a ramené des crises de goutte et la malaria. À la fin de la même année, Rimbaud, 37 ans, s'éteint rongé par le cancer, après de longues souffrances et une amputation de la jambe. Le 28 septembre 1915, Blaise Cendrars rejoint Cervantès dans la famille des écrivains manchots. Le 22 novembre 1916, Jack London succombe à 40 ans à un empoisonnement ou à une overdose de morphine. Le 21 mai 1919, dans la forêt d'Huelgoat, où il est né quarante et un ans plus tôt, Victor Segalen se vide de son sang après s'être entaillé le talon. Sa femme le retrouvera tenant dans une main *Hamlet*.

UN GAMIN DANS L'ENFER VERT

Aller au bout de ses rêves et tenter d'atteindre « l'inaccessible étoile » que chantait Brel, quitte à en mourir. C'est l'histoire cruelle de Raymond Maufrais. Sur la couverture d'*Aventure en Guyane*, on voit le jeune homme en tenue de brousse, pipe à la main. Le visage est lisse, le front haut et large, les traits bien dessinés, l'esquisse d'un sourire et un air déterminé. L'image parfaite du héros, intrépide, téméraire. Résistant dans le maquis du Périgord puis à Toulon, le gamin qui rêve de journalisme part en 1946 pour le Brésil, sans relations, sans argent. Il se fait engager par l'AFP et accepter au sein d'une mission qui tourne mal. Peu importe. Il a commencé à vivre son rêve. Il est « entré » dans cette carte de l'Amérique du Sud qu'il avait achetée à 14 ans. Les territoires vierges, inexplorés du Brésil et de Guyane, le Mato Grosso, sont enfin à sa portée. Un projet grandiose le hante, grandiose mais fou : Maufrais veut relier, à pied et seul, la Guyane française et le Brésil par les monts Tumuc-Humac, puis redescendre le Rio Jari jusqu'à Belém. À ceux qui crient au suicide, à ses parents effondrés, il donne, dans un journal parisien, ses raisons : « Je pars en Guyane parce que c'est une région inconnue et que j'ai soif de découverte […]. J'avouerai aussi que j'ai horreur de la vie dite civilisée, horreur des gens qu'on y rencontre et des habitudes qu'on y prend. […] Je préfère respirer l'air pur du risque. » Et puis Maufrais a fait sienne la devise du père de Foucauld : « Quand on part en disant qu'on va faire une chose, il ne faut pas revenir sans l'avoir faite. » Maufrais embarque au Havre sur *Le Gascogne* le 17 juin 1949. Il a 23 ans. On ne le reverra jamais. En juillet 1950, un prêtre en mission chez les Indiens Émerillon découvrira des objets lui ayant appartenu, dont plusieurs carnets de notes maculés de boue sur les rives du Tamouri.

DE L'ÉCRAN À LA PLUME

Le destin tragique de Maufrais a frappé plus d'un aventurier. En 2009, dans *Cher amour*, son dernier livre, Bernard Giraudeau revenait sur ce drame et le martyre vécu par son père Edgar, comptable à l'arsenal de Toulon parti dans une quête désespérée de ce fils trop sûr de lui. « Il le recherche pendant douze ans dans cette jungle-tombeau, écrit Giraudeau, persuadé de l'immortalité de son fils, une longue douleur insupportable, avec chaque nuit le visage de son fils enchevêtré dans les racines amazoniennes, un enfer, la plus poignante des histoires d'amour. » Giraudeau, figure de l'aventure ? Et comment !

Le beau gosse avait roulé sa bosse. La mer et la montagne n'avaient plus de secrets pour lui. Tout comme les sports de combat. Boulimique d'émotions, gourmand d'intensité, c'était un homme pressé qui disait « courir pour ne pas tomber ». Le cinéma, le théâtre, la réalisation de films, de documentaires et puis, en 2000, on découvrait que cet homme de mer, cet enfant de La Rochelle, était aussi homme de plume.

Le Marin à l'ancre, suite de chroniques de voyages adressées sous forme de lettres à un ami, Roland, cloué dans un fauteuil, en apportait la preuve. Giraudeau était les jambes et les yeux de cet « empêcheur de pourrir en rond ». Il lui racontait tout, ses voyages – les rizières de Hady, le désert d'Atacama, l'île aux Orchidées et son cimetière aux pirates –, les gens qu'il rencontrait, ses souvenirs de marin embarqué sur *La Jeanne d'Arc* à l'âge de 15 ans, les bars, les filles, les rixes. « Chez toi, l'attente n'est pas passive, même si elle est imposée, écrivait-il. Moi, l'attente m'échauffe, m'impatiente. Je veux tout ce que tu rêves. Je veux le mouvement toujours. Je m'enivre d'une valse chaotique. Je tente toutes les vibrations. J'ai des excitations d'enfants, des peurs délectables. » Parce que l'aventure, comme l'a dit Paul-Émile Victor, c'est du temps volé à la mort, Bernard et Roland avaient un rêve : fuguer ensemble aux Marquises, sur les traces de Cook, Melville, Stevenson, Segalen et surtout de Brel que Roland avait connu et dont il ne se remettait toujours pas de l'absence. Le voyage ne se fit pas, Roland faussant compagnie à Bernard la veille de Noël 1997. Leur amitié fêtait ses dix ans.

Giraudeau avait l'aventure partageuse. À celui qui l'écoutait, il aimait parler des Andes où tout est démesuré, où la lumière est aveuglante. Il avait ses références : Pessoa, Conrad, Michaux, Cendrars, Chatwin. Il disait : « J'aime les hommes qui ont des faiblesses. C'est pourquoi je défends Saint-Exupéry. » En 2000, il tournait à Marseille l'adaptation des *Marins perdus*, le roman de Jean-Claude Izzo. Sur un quai, entre deux scènes, nous parlions de voyages, d'aventure, de livres. Rentré à Paris retrouver notre vie de sédentaire, une impulsion nous fit lui adresser les œuvres poétiques complètes de Louis Brauquier que venait de rééditer Olivier Frébourg à la Table ronde. Quatre ans plus tard, l'autodidacte devenu auteur à succès publiait *Les Hommes à terre*. En épigraphe, il avait choisi ces vers qui lui parlaient : « J'aime les grands cargos arrêtés dans les rades,/Qui ne se mêlent pas à la vie de la ville/Et libèrent le soir des marins éperdus. » L'auteur ? Louis Brauquier. Giraudeau allait d'ailleurs rencontrer Olivier Frébourg et d'autres fous de mer en intégrant le club des Écrivains de Marine, fondé en 2003 par Jean-François Deniau. L'ex-quartier-maître n'était pas peu fier d'être devenu « capitaine de frégate littéraire ».

VOYAGEUR ET PASSEUR

Jean-Luc Coatalem appartient à cette famille de l'aventure. Moins baroudeur que chroniqueur très fin de ce monde en péril. Journaliste à *Grands Reportages* et à *Geo*, il a écumé la planète au gré des commandes de ses rédactions. Comme d'autres avant lui, il a mis ses pas dans ceux de ses aînés et s'en est bien trouvé : « Tous en fuite, empruntant la panoplie d'aventuriers ou de soldats, se passant le témoin en une course de relais, se riant des années, des rivages et des continents, prolongeant la force vitale. » Auprès d'un père officier, il a connu une enfance au grand large de la Polynésie et de Madagascar. Lui aussi a compris très tôt que « les vrais voyages commencent et finissent dans les livres ». Il a dévoré

Melville, Stevenson, London, adoré Segalen, « homme polyphonique, brillant et tendu, orgueilleux et timide, tirant sur ses forces comme on épuise sa monture ». Aimant l'auteur de *Stèles* et des *Immémoriaux*, il ne pouvait que se passionner pour Gauguin à qui il consacra en 2001 un maître livre, *Je suis dans les mers du Sud*. Trois ans plus tard, il enfonçait le clou avec *La Consolation des voyages*, ode à l'aventure, livre de passeur dans lequel il répondait, à son tour, à la question : pourquoi l'aventure ? « Fuir à travers forêts, soleils, rives et savanes, ne plus se soucier de rien. Partir nous console, nous donne un autre jour, une autre chance, accorde une autre fois, nous rend à nous-mêmes, inentamés. Partir, c'est le demain éternel… » En septembre 1902, Gauguin, peintre-aventurier qui avait ressenti si fort la « terrible démangeaison d'inconnu » lorsqu'il vivait dans l'Hexagone, se retrouvait seul, malade et souffrant. Dans sa petite île de Hiva Oa, aux Marquises, il utilisa ce qui lui restait de forces pour prendre non pas le pinceau mais la plume et dire sa vérité. *Racontars de Rapin* est le testament digne d'un artiste qui a assumé jusqu'au bout les sacrifices de son art, de son aventure. Son corps repose au cimetière d'Atuona où le rejoignit, quelques décennies plus tard, Jacques Brel. Celui qui avait interprété Don Quichotte dans *L'Homme de la Mancha* en 1968, juste après avoir mis fin à la carrière que l'on sait, avait trouvé aux Marquises, pour soigner la maladie qui allait l'emporter, ce bout du monde dont rêvent tous les chercheurs de solitude.

FRÈRES ENNEMIS

Malraux et Hemingway ont-ils jamais cherché la solitude ? Ces deux géants du XXe siècle ont été, pour bien des garçons en quête d'aventure, des modèles insurpassables. Mélanges idéals d'action et de réflexion, prototypes de « l'homme complet », comme dirait Patrice Franceschi, ils ont été sur la plupart des terrains où l'Histoire s'écrivait. Toujours dans le même camp et toujours en concurrence. La guerre d'Espagne, la Seconde Guerre mondiale, ces hommes de plume auraient aimé y jouer un rôle encore plus grand. Eux aussi avaient rêvé enfants de grands exploits et de gloire. L'un et l'autre ont construit leur légende à coups de faits d'armes souvent enjolivés, de rencontres mythiques réelles et de romans mémorables. Aujourd'hui, à l'heure des drones et des missiles, nos correspondants de guerre pensent moins à se bâtir une légende qu'à rendre compte des désordres du monde.

Deux hommes nés après guerre peuvent servir de modèles aux gamins qui ne pensent pas que la téléréalité est le summum en matière d'exaltation. L'un est français, l'autre espagnol. Les avoir rencontrés à de nombreuses reprises nous permet de voir à quel point leurs visions du monde sont proches. Ces deux marins d'expérience ont passé de longues années sur la terre ferme, là où les hommes s'entre-déchiraient. À quelques encablures de la soixantaine, Patrice Franceschi et Arturo Pérez-Reverte ont toujours des allures d'hommes jeunes, silhouettes minces, sans graisse, œil brillant et poigne solide. Ils ont tous les deux découvert la vie dans les livres et leurs bateaux respectifs en contiennent des milliers.

UN CAPITAINE D'IMPORTANCE

Depuis toujours, depuis sa première fugue en Guyane en 1974 – il avait 20 ans –, Patrice Franceschi vit avec cette certitude : « Les seuls rêves qui comptent sont les rêves éveillés. Tout part des rêves et tout y revient. L'aventure est avant tout un état d'esprit, une manière de voir le monde, de construire sa vie en la rendant extrêmement dense et forte. » Des territoires des Pygmées du Nord-Congo aux repaires des Indiens Macuje d'Amazonie colombienne, des territoires naga de Haute-Birmanie à ceux des Papous de Nouvelle-Guinée, il a ramené des carnets de notes, des photos, des films, la formidable matière de romans.

Cavalier seul, Franceschi ? Pas seulement. La cause humanitaire fut un autre pilier de sa vie. Il s'est rendu partout où les hommes se sont entre-tués pour tenter de porter secours aux plus faibles : Roumanie, Bosnie, Somalie, Soudan, Cambodge. Un pays plus que les autres l'a marqué : l'Afghanistan. Dans ses mémoires, *Avant la dernière ligne droite*, il en parle longuement. Évoque son amitié avec le commandant Amin Wardak, décrit ses hommes fiers et courageux aux côtés desquels il a choisi de combattre les troupes de l'envahisseur soviétique. Il montre l'héroïsme, mais aussi la peur qui déforme les visages. De cette expérience unique, il tirera deux livres, *Ils ont choisi la liberté* et *Un capitaine sans importance*. Comme ses aînés, Kessel, Malraux, Hemingway, Franceschi traduit en mots les maux de son siècle, en témoin et en acteur engagé. En homme libre qui ne baissera jamais la garde. En mars 2001, lorsque la jonque chinoise qu'il a achetée et rebaptisée *La Boudeuse*, en mémoire de la frégate de Bougainville, et avec laquelle il a réalisé une campagne d'explorations autour du globe, fait naufrage au large de Malte, le capitaine Franceschi pare au plus pressé. Il sauve ses hommes, la cloche du bateau, son sextant et une poignée de livres tandis que le reste de sa bibliothèque sombre par le fond. D'autres ne s'en seraient pas remis. Pas lui qui déclare : « Je suis un moine-soldat laïc, un type austère. Je ne possède rien. Je suis ouvert à tout. » Et il repart en campagne pour dénicher un nouveau bateau, un magnifique trois-mâts vieux d'un siècle, construit en Hollande, qu'il baptise à nouveau *La Boudeuse*. Quelques années plus tard, lorsque les financiers le lâchent et que les créanciers menacent de lui prendre son bateau, il s'accroche, se bat et remporte, une fois encore, la partie.

LE CINQUIÈME MOUSQUETAIRE EST ESPAGNOL

Au moment où Patrice Franceschi baroudait en Guyane et au Brésil, Arturo Pérez-Reverte entamait une carrière de correspondant de guerre à la télévision espagnole. Il allait passer vingt années sur le terrain à couvrir les pires horreurs en Angola, Bosnie, Érythrée, Liban, Nicaragua, Salvador, Malouines. Et puis, en 1994, il a tout lâché et tourné le dos à un métier qui désormais le rendait malade. *Territoire comanche* fut le récit lucide et désabusé de son expérience à Sarajevo. Son adieu au journalisme aussi. Comme Franceschi, Pérez-Reverte s'est toujours voulu un homme libre, « un évadé ». Il est passé sans encombre du théâtre des opérations militaires à une vie de marin écrivant des fictions. Dans les deux cas, une seule règle de conduite : « Se tenir vivant, être seul face au danger, face à la mort, n'être responsable que de soi. J'ai toujours voulu être maître de mon destin. » Grand reporter star de la télé un jour, auteur espagnol le plus lu dans le monde le lendemain : pas de quoi ébranler le bonhomme toujours droit dans ses bottes, fidèle aux écrivains de son enfance, aux amis d'aujourd'hui. La moitié de l'année sur son bateau, l'autre à écrire, à Madrid.

L'œuvre d'Arturo Pérez-Reverte est sortie du terreau fertile de la littérature populaire du XIXᵉ siècle. Romans de cape et d'épée, aventures maritimes, ses histoires sentent le large, font rêver et voyager. Ses héros durs à cuire et ses héroïnes dangereusement envoûtantes comme la Teresa Mendoza de *La Reine du Sud* ne s'oublient pas facilement. Entre 1996 et 2012, l'écrivain a aussi publié sept volumes des *Aventures du capitaine Alatriste* dans l'Espagne du XVIIe siècle. Un formidable hommage au feuilleton de l'époque, à une littérature espagnole flamboyante et à ces auteurs phares, les Quevedo, Lope de Vega, Calderón et Cervantès qui rimaillaient et ferraillaient tout à la fois. Pérez-Reverte s'inspira du plus grand d'entre eux, Cervantès, empruntant des traits à son chevalier à la triste figure pour créer son héros, vétéran des guerres espagnoles devenu spadassin sans foi ni loi. Véracité des reconstitutions historiques, habilité des scènes de batailles, utilisation d'un langage de l'époque, rare et riche : l'écrivain maîtrise son sujet et, lorsqu'il est reçu à l'Académie espagnole en 2003, il choisit de disserter sur « le parler d'un bravache au XVIIe siècle », introduisant au cœur de la prestigieuse assemblée, aux anges, le jargon populaire des spadassins.

En 2006, Pérez-Reverte publia un roman clé dans son œuvre, *Le Peintre de batailles*, une belle réflexion sur la responsabilité de celui qui témoigne sur les champs de bataille. Derrière Faulques, cet ancien photographe de guerre hanté par le conflit en Bosnie, on reconnaît l'ancien reporter, qui se confronte à son passé pour mieux critiquer le présent. « Jamais l'image n'a été aussi omniprésente, nous confiait-il en 2007, et jamais elle n'a autant menti, jamais elle n'a été aussi manipulée. Avant, on disait qu'une image valait cent mots. C'est fini. Aujourd'hui, Benetton achète des photos de guerre pour ses campagnes publicitaires. Ça n'a plus de sens. Si l'image a perdu sa vérité, peut-être faut-il revenir aux vieux maîtres, à Goya surtout, qui savait la vérité de la guerre, qui connaissait la couleur du sang.» La colère de Pérez-Reverte était celle d'un homme entier qui a du mal à supporter le monde tel qu'il est devenu. Comme le jeune Maufrais qui part en Guyane parce qu'il vomit la société dans laquelle il vit, comme Gauguin quitte cette France qui ne le comprend pas et ne l'aide pas à vivre, Arturo Pérez-Reverte est un homme à vif mais terriblement lucide : «Je crois que jamais dans l'histoire de l'humanité l'idiot, via la télévision et Internet, n'a été aussi omniprésent à nous dire ce qu'on doit faire, penser, croire. Je me sens comme dans les derniers temps de l'Empire romain, comme cet homme goûtant un bon vin en attendant les Barbares. Il entend la foule crier au viol, à l'assassin et pense : "Pauvres imbéciles, mais naturellement ils vont piller, tuer. Qu'est-ce que vous croyez ? Vous avez renoncé à votre mémoire, à votre culture. Vous avez oublié que dans les livres il est écrit que les civilisations prennent fin. Ça devait arriver !"»

UN TINTIN SURVOLTÉ

Fatigués, nos héros ? Dépassés par un monde cynique et mesquin qui ne sait plus proposer à ses enfants que de l'aventure au rabais, virtuelle, bidon ? Pas sûr.

Né en 1959, frère cadet des Pérez-Reverte et Franceschi, l'Américain William T. Vollmann a mis ses pas dans ceux de Mark Twain, Jack London, Thomas Wolfe, Jack Kerouac. A valeurs de bitume, hommes avides d'expériences fortes, ils furent chacun dans leur genre des écrivains-aventuriers et des témoins majeurs de leur temps. Photographe, peintre, écrivain et journaliste free-lance pour *Esquire*, le *Los Angeles Times Magazine* ou *Spin*, Vollmann est l'auteur d'une œuvre vaste, variée et ambitieuse qui compte fictions et essais. L'homme écrit plus vite que son ombre comme s'il souhaitait embrasser tous les territoires du possible, vivre toutes les expériences, prendre tous les risques. Sortant de solides études à Cornell en 1982 et fasciné par Lawrence d'Arabie, comme le fut Malraux avant lui, il se rend en Afghanistan, avec carnets de notes et appareils photo. Sorte de Tintin naïf, il pense pouvoir aider les opposants au régime de Karmal, installé par les Soviétiques après l'invasion de 1979. Pour cet amateur, l'expérience est décisive.

En 1992, il est au siège de Sarajevo puis à Krajina, témoin des souffrances de part et d'autre. Deux ans plus tard, sur le trajet de la Croatie à la Bosnie, des snipers prennent pour cible la voiture dans laquelle il se trouve avec deux amis journalistes. Les deux hommes à l'avant du véhicule sont tués. Malgré cela ou à cause de cela, Vollmann contracte une passion pour les armes. Partout où il se rendra désormais, il lui faudra sa dose d'adrénaline. Lorsqu'il enquête sur les prostituées et les dealers du Tenderloin, quartier glauque de San Francisco, il est armé.

Le jour où il rencontre Ken Miller, photographe spécialisé dans les portraits de marginaux, Vollmann trouve un partenaire de virées spectaculaires. On les voit au Japon avec des yakuzas, en Birmanie avec Khun Sa, roi de l'opium, au Cambodge avec les derniers Khmers rouges, en Thaïlande où ils arrachent une très jeune prostituée des griffes d'un souteneur. En mars 2011, il se rend à Fukushima sur les lieux où un tremblement de terre et un tsunami ont entraîné la catastrophe nucléaire que l'on sait. Il arrive là-bas équipé de protections rudimentaires s'exposant ainsi à la radioactivité. Il y a chez lui une prise de risque qui confine à la folie et qui rappelle celle de Hunter S. Thompson, inventeur du « gonzo journalisme ».

Ces dernières années, Vollmann a publié deux passionnantes enquêtes, *Le Grand Partout* et *Pourquoi êtes-vous pauvres ?*, lesquelles ont achevé d'asseoir sa réputation d'écrivain-bourlingueur. Pour mener la première, il a voyagé pendant des mois en clandestin dans des trains de marchandises à la rencontre d'une Amérique cachée, méconnue, dangereuse. Pour la seconde, il a écumé la planète et donné la parole à ceux qu'on préfère oublier, les laissés-pour-compte de la globalisation, rebuts de la modernité. Aux critiques qui jugent son travail complaisant, il rétorque : « Raconter la misère de l'homme ne signifie pas être attiré par l'abjection. C'est voir son temps plus clairement. » Loin de ses reportages hallucinés, il s'y montre à son meilleur, proche d'un London, d'un Steinbeck, capable par ses écrits de cerner au plus près le sens de la vie individuelle et collective.

BIBLIOGRAPHIE

PRINCIPAUX TITRES DANS L'ORDRE D'APPARITION

Sylvain Tesson, *Géographie de l'instant*, Sainte-Marguerite-sur-Mer, Les Équateurs, 2012.

Nicolas Bouvier, *L'Usage du monde*, Paris, Payot, « Voyageurs », 1963.

Raymond Maufrais, *Aventure en Guyane*, Paris, Julliard, « La Croix du Sud », 1952.

Bernard Giraudeau, *Cher amour*, Paris, Métailié, 2009 ; rééd. Paris, Points, 2010.

Bernard Giraudeau, *Le Marin à l'ancre*, Paris, Métailié, 2001 ; rééd. Paris, Points, 2004.

Louis Brauquier, *Je connais des îles lointaines. Poésies complètes*, Paris, La Table ronde, « La Petite Vermillon », 2000.

Jean-Luc Coatalem, *Je suis dans les mers du Sud*, Paris, Grasset, 2001.

Jean-Luc Coatalem, *La Consolation des voyages*, Paris, Grasset, 2004.

Victor Segalen, *Les Immémoriaux*, Paris, Mercure de France, 1907 ; rééd. Paris, Points, 1998.

Victor Segalen, *Stèles*, Paris, Gallimard, 1973.

Patrice Franceschi, *Avant la dernière ligne droite*, Paris, Arthaud, 2012 ; rééd. Paris, Points, « Points aventure », 2013.

Patrice Franceschi, *Un capitaine sans importance*, Paris, Robert Laffont, 1987 ; rééd. Paris, Points, 2012.

Arturo Pérez-Reverte, *La Reine du Sud*, Paris, Seuil, 2003 ; rééd. Paris, Points, 2004.

Arturo Pérez-Reverte, *Les Aventures du capitaine Alatriste*, Paris, Seuil, 1998-2012 ; rééd. Paris, Points, 2007-2012.

Arturo Pérez-Reverte, *Le Peintre de batailles*, Paris, Seuil, 2007 ; rééd. Paris, Points, 2008.

William T. Vollmann, *Fukushima : dans la zone interdite*, Auch, Tristram, 2012.

William T. Vollmann, *Le Grand Partout*, Arles, Actes Sud, 2011.

William T. Vollmann, *Pourquoi êtes-vous pauvres ?*, Arles, Actes Sud, 2008.

Les conquérants de l'Utile
Petits propos décousus
sur l'aventure de l'engagement

Martin Hirsch

Martin Hirsch préside l'agence du service civique depuis sa création en 2010. Il est aussi à l'origine de l'Institut du service civique, qui soutient les projets des jeunes qui ont révélé leurs talents pendant le service civique. Il a occupé pendant treize ans des responsabilités bénévoles dans le mouvement Emmaüs, dont la présidence d'Emmaüs France. Haut commissaire aux solidarités actives contre la pauvreté, il a mis en place le revenu de solidarité active. Il est l'auteur d'une douzaine d'ouvrages. Les plus récents sont consacrés à l'Abbé Pierre (« Découvertes », Gallimard, 2012) et aux racines de l'engagement, La Lettre perdue *(Stock, 2012).*

Il y a dans notre riche vocabulaire un mot qui, à mes yeux, plus que tout autre, est synonyme d'aventure, c'est celui d'engagement. L'engagement est une aventure à la portée de tous. C'est un mot intéressant parce qu'il est paradoxal. S'engager, c'est à la fois se lier et se libérer.

S'engager, c'est se lier. Car c'est accepter de s'associer à une cause, une cause qui vous dépasse. C'est donner du temps, de l'énergie, de la générosité, de l'intelligence, de la force, éventuellement de l'argent, pour avoir prise sur le monde auquel on appartient. C'est se reconnaître des obligations.

Mais c'est aussi se libérer. Car l'engagement est un choix. Ce n'est pas une contrainte qu'on subit mais une contrainte qu'on s'impose soi-même. C'est se libérer, car c'est espérer pouvoir contribuer soi-même à modifier son environnement, le monde dans lequel on vit, plutôt que d'en rester prisonnier, tel qu'il est.

S'engager, c'est à la fois donner et recevoir.

S'engager, c'est donner une part de son temps, de son énergie, parfois de son argent. C'est un don qui peut même être dévorant. Mais il y a un « retour sur engagement », qui n'a rien à envier aux retours sur investissements des plus avisés des financiers ! Car l'engagement donne la certitude de remplir un rôle utile dans la société.

S'engager, c'est refuser l'indifférence.

S'engager, c'est ne pas se contenter de confier son destin à d'autres par procuration.

S'engager, c'est ne jamais renoncer à un idéal.

L'engagement est une magnifique aventure. Une aventure qui peut vous faire découvrir votre environnement immédiat avec un nouveau regard ou vous entraîner à l'autre bout du monde. Demandez aux volontaires qui ont connu le choc de se retrouver en Haïti, comme à ceux qui ont choisi de s'engager dans leur propre quartier ! L'engagement est une manière de se retrousser les manches, comme de faire fonctionner tous ses neurones.

Il y a mille et une manières de s'engager. Il y a, à notre époque, mille et une causes, qui justifient un engagement.

Nous avons créé le service civique pour favoriser l'engagement. Pour le rendre possible comme pour le rendre attractif. En nous mettant à l'intersection de courants contradictoires, dont il est si intéressant de faire la synthèse.

Pendant une longue période, l'engagement des jeunes passait par la conscription. Les jeunes hommes étaient mobilisés pour défendre la nation. Ils étaient enrôlés dans l'armée et bien souvent en payaient un lourd tribut. L'engagement n'était pas choisi mais subi. Il avait une valeur sacrificielle. Ceci a été vrai jusqu'à la seconde moitié du XXᵉ siècle.

Le service militaire a été conservé jusqu'au milieu des années 1990, comme une obligation, vécue par le plus grand nombre comme une corvée. Une année perdue, une année volée, entendait-on. Sa suppression était demandée avec véhémence. Mais sa disparition a laissé un vide : on s'est rendu compte qu'il y avait autre chose derrière la corvée. Une période de vie collective, d'apprentissage, d'intégration de certaines valeurs ou parfois des bénéfices plus utilitaires, depuis la possibilité de détecter des maladies, d'acquérir une formation, de passer le permis de conduire et même de se faire des amis, des copains de régiment.

Dans le même temps, certains, par militantisme, avaient refusé le service militaire pour se muer en objecteurs de conscience. Ils acceptaient, pour être dispensés de porter armes et uniforme, de donner une période de leur vie plus longue que celle requise par l'armée, afin de participer à des associations. Les objecteurs de conscience sont souvent devenus des militants de long terme des causes qu'ils avaient servies par nécessité.

Et puis, le vide. Comme si le besoin d'engagement de la jeunesse se limitait à la conscription. Il aurait été satisfait quand la conscription existait, il aurait disparu avec la fin de celle-ci.

C'est face à ce vide que l'idée d'un « service civil » ou d'un « service civique » a ressurgi. D'autres pays l'avaient déjà mis en œuvre. Aux États-Unis, les Peace Corps, qu'on pourrait traduire par « les engagés de la paix », connaissaient un grand succès. Difficile de prétendre vouloir exercer des responsabilités dans son pays sans être passé par un engagement dans les Peace Corps.

En France, l'idée a pris du temps pour cheminer. Il y avait pourtant dans la jeunesse un besoin d'engagement à assouvir. Je l'ai souvent constaté lorsque je présidais Emmaüs et qu'après chaque conférence des jeunes garçons et des jeunes filles venaient me dire leur désir de passer une période de leur vie à soutenir nos actions. À contrecœur, je devais leur dire que rien n'était prévu pour cela, au-delà de la possibilité de faire un peu de bénévolat en parallèle à leurs études ou à leur travail. Mais s'engager vraiment ? Il n'y avait pas de statut pour cela, pas de possibilité de donner légalement de quoi vivre, pas de reconnaissance : en réalité, s'ils voulaient le faire, c'était à leurs risques et périls. Et alors que déjà il était si difficile pour les jeunes de trouver un emploi et une insertion professionnelle satisfaisante, il était compliqué de leur demander de faire un sacrifice – pâtir de leur envie d'engagement. J'avais donc tendance, la mort dans l'âme, à les en dissuader.

L'association Unicités est née, au milieu des années 1990, d'une initiative de trois jeunes filles qui ont eu envie de rendre possible ce qui ne l'était pas. L'une d'entre elles, américaine, connaissait les Peace Corps. Les deux autres s'étaient retrouvées élèves d'une école de commerce, au hasard de bonnes études, mais pressentaient qu'il leur faudrait autre chose pour donner un sens à leur existence que de courir après des parts de marchés et des excédents bruts d'exploitation. Pendant plus de dix ans, elles ont su faire grandir leur initiative, contre vents et marées.

La perception d'un malaise de la jeunesse a redonné un peu de vigueur à cette idée. On peut dire que c'est l'effet « voitures brûlées » : plutôt que de les voir brûler les voitures, on devrait donner un cadre à ces jeunes désœuvrés pour leur inculquer des valeurs. Lorsque les émeutes de banlieue ont perturbé la France, à la fin de l'année 2005, l'idée d'un service civil s'est donc concrétisée. Il a été solennellement annoncé par le président de la République et consacré par un article de loi. Et puis, parce que la situation s'était calmée, il a été mis sous l'éteignoir : il ne semblait plus nécessaire.

Le service civil est donc né sous de bien mauvais auspices. Non pas pour favoriser l'envie de s'engager, mais plutôt pour canaliser les débordements de la jeunesse. Il n'est pas né dans le désir mais dans la peur. Comme si l'engagement était punitif !

Finalement, ce sont les jeunes qui ne se sont pas laissé faire. Et nous avons pu faire naître le service civique en revenant au dessein initial. Non pas la pure nostalgie du vide laissé par le service militaire, non pas avec une vision d'une société qui allait inculquer de force ses valeurs à une jeunesse déviante, mais comme une fantastique opportunité de faire le choix de l'engagement.

Le service civique est né toutefois sous quelques regards narquois. Un service civique volontaire ? Les jeunes,

égoïstes, paresseux, individualistes, n'allaient pas se préci-
piter, entendait-on. Au mieux, seuls viendraient les jeunes
« bien nés », élevés dès le biberon dans un environnement
social et familial propice aux valeurs de l'engagement.

Ces prédictions pessimistes ne se sont pas réalisées. En
deux ans, cent soixante-dix mille jeunes se sont inscrits
sur le site des missions du service civique, manifestant
un vif intérêt et une motivation spontanée pour l'engagement. La volonté des jeunes n'a jamais été le facteur
limitant. Mieux, quand on regarde les profils des jeunes
qui effectuent leur service civique, ils sont le reflet de
la diversité de la jeunesse. Cela va de celui qui a raté
trois fois son CAP ou qui n'a pas eu son bac à celui
qui a fait une grande école de commerce ou qui a passé
l'agrégation de philosophie !

L'engagement n'est donc pas une valeur en voie de
disparition, n'en déplaise aux donneurs de leçons nostal-
giques d'un passé souvent enjolivé. L'engagement est une
valeur vivante, vivace même, pour peu qu'on sache lui
donner un espace, des perspectives, un substrat concret.

Mais que font-ils, ces jeunes engagés ? À Paris, ils
apportent de la lecture aux personnes âgées qui ne peuvent
plus se déplacer pour se rendre dans les bibliothèques
municipales. Et le livre devient prétexte à l'échange
intergénérationnel. Dans de nombreuses petites localités,
les volontaires en service civique sont ceux qui aident les
bibliothèques à aller au-devant de publics qui ne vont pas
spontanément vers eux. Dans les Antilles, les volontaires
ont sensibilisé les populations au risque de la dengue,

important quand on laisse de l'eau stagnante à proximité des habitations. Dans de nombreux quartiers, les volontaires viennent sensibiliser les habitants les plus modestes à l'intérêt de gestes simples d'économie d'énergie, qui peuvent leur permettre de vivre avec un budget moins serré et d'avoir un impact positif sur l'environnement. À Haïti, les volontaires se sont intégrés dans le système scolaire pour aider les enseignants débordés et pas assez nombreux depuis le drame du séisme.

Il y a beaucoup de satisfactions à permettre au service civique de se développer. Ceux qui vivent le service civique, en l'accomplissant ou en l'organisant, sont convaincus de son impact positif. Comment en mesurer des signes objectifs ?

Une enquête a été réalisée auprès de centaines de jeunes qui ont effectué leur service civique en comparant leurs réponses avec celles un groupe de jeunes ayant exactement les mêmes caractéristiques, à la différence près qu'ils n'ont pas effectué leur service civique. On observe alors un effet remarquable du service civique : il modifie la perception que les jeunes ont des autres. Sans service civique, ils sont 60 % à considérer les autres comme une menace. Avec le service civique, ils sont au contraire 60 % à regarder les autres comme une opportunité. En d'autres termes, s'engager en service civique est une aventure qui permet d'avoir moins peur des autres. N'est-ce pas là une belle aventure ?

Car il y a dans l'engagement une manière de reprendre confiance en soi et dans la société, en y jouant un rôle utile. Il y a quelques décennies, un formidable alpiniste, Lionel Terray, a écrit un livre d'aventures au titre magnifique : *Les Conquérants de l'inutile*[1]. Ces récits ont inspiré de nombreux jeunes alpinistes. Terray y racontait d'abord une histoire d'amitié, celle qui le liait à une autre légende de l'alpinisme, Louis Lachenal. Ensemble, ils sillonnaient la planète pour y vaincre des parois vierges. La montagne est un véritable engagement : on part et on n'a d'autre choix que d'atteindre le sommet car, dans les courses difficiles, la descente par le même chemin est impossible. Une fois qu'on a atteint un certain point, on est obligé de poursuivre coûte que coûte ou de se laisser mourir : c'est le point de non-retour. En montagne, on est solidaire dans la cordée. Lachenal et Terray étaient complices, ils partageaient la même folie, la même fougue. Lachenal est celui qui a vaincu, dans des circonstances dramatiques, le premier huit mille mètres comme guide du chef de l'expédition, Maurice Herzog. Les conquérants de l'inutile, parce que lorsqu'on gravit une montagne il n'y a qu'une chose à faire : en redescendre. Et l'ascension ne change pas le sort de la montagne, celui de la planète ou celui de la société. Le monde serait peut-être le même s'il n'y avait pas d'alpinisme et si les montagnes n'étaient pas vaincues par l'homme. En quelque sorte, cela ne sert à rien. Pourtant, que d'énergie mise à les conquérir ! Quel prix cher payé : Terray est mort en montagne, Lachenal

1. Gallimard, 1961.

a perdu ses pieds gelés à l'Annapurna. L'inutile est pour eux une aventure indispensable, à l'instar de Cyrano de Bergerac qui lançait avec panache : « C'est bien plus beau lorsque c'est inutile ! »

On pourrait qualifier les volontaires du service civique de « conquérants de l'utile ». L'aventure qu'ils poursuivent, c'est celle de trouver une place utile dans la société. Ce ne sont pas les mêmes périls, mais ils ne sont pas plus faciles à vaincre.

L'engagement n'est pas toujours pris au sérieux. Il est parfois regardé avec condescendance. Être un intellectuel engagé, après avoir été une qualité, est devenu une caractéristique suspecte, péjorative. L'engagement ne rend-il pas aveugle ? Il y a une méfiance à l'égard d'un engagement vu comme un endoctrinement. L'engagement est une victime collatérale du déclin des idéologies.

La notion d'engagement suscite parfois des sarcasmes. Ce sont les mêmes qui dénoncent les bons sentiments. Avec cette phrase qui revient comme une antienne : « On ne fait pas de la politique avec des bons sentiments. » Certes, il ne suffit pas d'avoir des bons sentiments, mais fait-on mieux avec de mauvais sentiments ? Certainement pas !

On voit dans l'engagement un côté « gentillet », qu'on ne prend pas suffisamment au sérieux, car l'engagement, c'est la capacité de ne pas perdre son idéal à l'âge adulte. Or tout se passe comme si on considérait, dans notre civilisation, que le vrai passage à l'âge adulte était le moment où, la maturité venant, on abandonnait ses idéaux, dernière trace de juvénilité. L'envie de poursuivre un idéal serait un signe d'immaturité. Il y aurait un « stade idéal » à l'adolescence, comme il y a un « stade buccal » puis un « stade anal » dans l'enfance. Un stade qu'on devrait dépasser pour grandir et où il serait pathologique de rester trop longtemps !

La pression de la société, le système éducatif poussent à se départir de son idéal. À le vaincre plutôt qu'à essayer de le faire triompher. On a le droit d'avoir des idéaux, mais surtout pas trop longtemps si on veut être pris au sérieux.

On organise la guerre entre l'idéalisme et le réalisme, une guerre qui fait de nombreuses victimes et qui empêche la société de se transformer. L'éducation ne devrait-elle pas, au lieu de les opposer, permettre de mettre l'un au service de l'autre ? Apporter les outils nécessaires pour faire progresser son idéal, plutôt que s'en éloigner ?

L'engagement, c'est une force de transformation. C'est la manière par laquelle on se met en déséquilibre par rapport à soi-même et par rapport au monde tel qu'il est, en imaginant qu'on pourra avoir un impact sur le cours normal du monde, par la simple force de ses idées, de ses convictions, de son altruisme, du temps qu'on est capable de consacrer à une cause qui vous dépasse.

L'engagement, c'est le refus de voir son destin se jouer par délégation ou par procuration, sans penser qu'on peut soi-même participer à la transformation de son environnement.

L'engagement est une magnifique aventure car elle ne dépend d'aucun préalable : pas besoin d'autorisation, pas besoin de budget, pas besoin même d'un cadre, pas besoin de matériel ou d'équipement spécifique ou coûteux. Pas besoin de dons particuliers non plus.

Il faut parfois un déclic, un catalyseur. Dans *La Lettre perdue*, je raconte comment mon propre engagement est une suite d'événements fortuits, de rencontres liées aux hasards ou aux faux hasards, mais qu'il est aussi lié à une lettre que j'ai eu la chance de recevoir de mon père au moment où j'avais à formuler des choix pour mon avenir. Dans cette lettre, mon père m'expliquait qu'il y avait beaucoup de choses dont il fallait se méfier – le pouvoir, les honneurs, les courbettes, les étiquettes – car aucune d'entre elles n'était suffisante pour « meubler une vie ». En revanche, m'écrivait-il, si on préfère faire quelque chose plutôt que d'être quelqu'un, on peut à travers son propre engagement avoir une vie qui ressemble à une aventure, car elle peut être trépidante, haletante, utile, risquée.

J'ai toujours su l'importance qu'avait eue cette lettre sur mes engagements et j'ai mesuré encore davantage sa valeur lorsque je l'ai égarée. La quête de cette lettre a été, en même temps, la quête des origines de mon engagement et le partage d'une conviction qui n'a cessé de se renforcer : nous avons tous nos « lettres perdues », ces messages qui nous ont été adressés et qui nous donnent envie de nous dépasser, qui nous transmettent des valeurs qui viennent de loin et qui ne demandent qu'à être prolongées.

En partageant l'aventure de ma lettre perdue, d'ailleurs, j'ai reçu de nombreuses réactions de personnes qui m'évoquaient leurs propres « lettres perdues ». Cela pouvait être un poème, une recette de cuisine, un objet, un moment. Si nous sommes nombreux à rechercher nos lettres perdues, nous pouvons espérer vivre dans une société davantage engagée. Une société où on ne confie pas à une institution, l'État, le monopole de la sauvegarde de l'intérêt général, mais où l'on considère que chacun d'entre nous a, entre ses mains, une fraction de l'intérêt général. Et nous n'en sommes pas des simples déposi-taires, mais de véritables responsables. Une société où l'on ne s'estime pas quitte de ses devoirs une fois qu'on a satisfait aux obligations importantes mais formelles que sont le respect des lois, le vote, le paiement des impôts – où l'on considère que le contrat citoyen va au-delà. Qu'il y a, en quelque sorte, l'obligation de choisir une expression supplémentaire de la citoyenneté, qui n'est dictée par aucune règle écrite mais dont le fondement n'en est pas moins solide.

Toutes celles et tous ceux qui se sont engagés peuvent témoigner de la sensation irremplaçable que procure l'engagement. Aussi, je ne résiste pas à partager avec vous cette lettre, reçue à la fin de l'année 2012 :

Profession : euh… Ça, c'était avant… Avant que je ne devienne volontaire en service civique. Pour mieux com-prendre, il faut revenir quelque temps en arrière. Septembre 2011. 21 ans. Vingt et un ans ? Oui, vingt et un ans que je suis paumée professionnellement, Vingt et un ans qu'à la question : « Que veux-tu faire plus tard ? », je ne sais que répondre. Oh, bien sûr, j'ai parfois eu quelques idées de métier en tête mais elles ne sont jamais restées bien longtemps. Institutrice, peintre en bâtiment, journaliste… envolées, les unes après les autres. Une seule a su garder sa place : depuis l'enfance, je suis persuadée qu'un jour je changerai le monde. Mais en attendant de pouvoir jouer les super-héroïnes, il faut trouver autre chose.

Vingt et un ans que je suis le mouvement. « Tu as des capacités, fais donc des études. » J'accepte, je collabore au système, même si mon inconscient, à sa manière, réussit à s'opposer quelque peu au chemin tout tracé par la société. Septembre 2011, je frappe à la porte de ma mission locale. En demandant un stage, on me propose de postuler pour une mission de service civique. Je ne connais pas, on m'explique. J'accepte. Après candidature, je suis retenue et le 26 décembre 2011, encore fatiguée du réveillon de Noël, je fais mes premiers pas en tant que médiatrice chargée de favoriser la prise en compte de la parole et la participation des jeunes au service de leur insertion.

Dix mois de mission. Accompagnement d'un groupe de jeunes dans la réalisation d'une enquête filmée sur le développement durable en pays de Dinan, création d'une page Facebook et animation d'un atelier sensibilisant aux risques et atouts des réseaux sociaux, appui à la conception de différents supports de communication. Je découvre, j'apprends, je reçois… mais surtout je vibre et je vis. Pour la première fois en vingt-deux ans, j'ai le sentiment que ma place se trouve ici. Pour la première fois en vingt-deux ans, je peux enfin répondre à la question : « Que veux-tu faire plus tard ? »

Dix mois pendant lesquels je découvre que ce service civique prône toutes les valeurs auxquelles je crois depuis des années : engagement, respect, écoute, partage, solidarité, etc. Je prends pleinement conscience de l'importance de mon statut et porte avec fierté mes valeurs. Parallèlement à mon service civique, je dois faire face à deux drames. Deux amis s'en vont, l'un par choix, l'autre par destin. Je réalise alors combien la vie est courte, précieuse, et l'importance d'en faire quelque chose de beau et qui en vaut la peine. Être volontaire en service civique à ce moment-là m'aide et me donne la force d'avancer pour crier au monde ces valeurs que j'espère garder à vie.

Aujourd'hui, je n'ai pas le sentiment d'avoir suivi le système mais d'avoir suivi ce que je suis vraiment…

Aujourd'hui, mon costume de super-héroïne de service civique sur le dos, je change le monde à ma manière…

Décidément, ceux qui parlent le mieux de l'aventure de l'engagement sont ceux qui l'ont vécue…

L'aventure est au bout du quai

Laurent Joffrin

Journaliste engagé, essayiste et romancier, Laurent Joffrin a collaboré à plusieurs journaux – il a notamment été rédacteur en chef de Libération. *Aujourd'hui à la tête du* Nouvel Observateur, *il est l'auteur de romans et de nombreux essais politiques et historiques, dont* Histoire de la gauche caviar *(Points, 2007) et* Mai 68, une histoire du mouvement : document *(Points, 2008).*

« L'aventure ? Elle est au bout du quai. » Ainsi parle Jack London dans un formidable petit texte qu'on trouve en avant-propos de ses romans maritimes, où l'écrivain de la neige et des forêts revient sur sa jeunesse au fil de l'eau. En 1885, le jeune London est le fier propriétaire d'un petit dériveur à corne amarré près des docks de San Francisco. Quelques années plus tard, il acquiert un sloop de dix mètres avec une petite cabine. Nous sommes aux temps héroïques de la plaisance : sans aucun appui mécanique, les deux bateaux dépendent strictement du vent, des marées et des courants. Plus assidu au comptoir des bouges que dans les salles de classe, London ne vit que pour de longues virées sur les eaux fermées qui s'étendent en deçà de la Porte d'or, aujourd'hui gardée par le Golden Gate Bridge. Dans cette baie protégée qui baigne deux grandes villes, cernée par tous les stigmates de la civilisation, sillonnée d'innombrables esquifs, l'adolescent bohème vit les aventures merveilleuses d'un Sinbad américain.

Un jour, le vent tombe alors que son bateau pointe dans l'étroit passage d'un pont tournant. Le courant jette le voilier contre une pile, et c'est l'homérique combat de deux jeunes hommes pour sauver leur bateau d'un naufrage certain. Un autre jour, le jusant[1] les surprend alors qu'ils sont amarrés à un ponton sur une rivière dont le fond se dérobe en pente abrupte. Comme la marée descend, le voilier talonne au haut d'une crête et se couche inexorablement, menaçant de tomber trois mètres plus bas dans la vase au fur et à mesure que l'eau se retire. Il faut six heures d'efforts et toutes les amarres du bord pour prévenir le désastre. Une autre fois dans l'embouchure du Sacramento, il faut sortir de sa couchette en pleine nuit pour fuir un mouillage rendu dangereux par une saute de vent. Le guindeau[2] tombe en panne, on entend à quelques mètres le ressac qui brise de plus en plus fort sur les récifs. L'ancre ensablée est trop lourde, la chaîne tendue par le courant ensanglante les mains, il faut la dépasser à la voile pour pouvoir enfin la hisser, alors que des vagues meurtrières secouent la coque en tous sens et que le vent menace de jeter le voilier à la côte. Enfin l'ancre dérape, on appareille et l'instant d'après le voilier mouille dans les eaux calmes de la rivière, protégé par un méandre qui casse le flot furieux.

Une autre fois, le jeune Jack intimidé emmène sur son dériveur un vieux marin anglais vétéran de plusieurs tours du monde. Il manœuvre avec circonspection, craignant le jugement sévère de son aîné. À sa grande surprise, quand

---

1. Marée descendante (*NdÉ*).
2. Treuil servant à mouiller et lever les ancres (*NdÉ*).

il lui cède la barre, le loup de mer manque de les faire chavirer par ses coups de barre erratiques, prend le vent à contre et évite de peu la gifle de la bôme rabattue par la risée. Il a passé sa vie sur des grands navires mais il est incapable de maîtriser un petit bateau. C'est que le capitaine d'un dériveur, contraint à toutes les tâches, en sait beaucoup plus que le matelot d'un clipper habitué à quelques gestes infiniment répétés.

J'ai navigué sur l'Océan pendant une année sur un bateau beaucoup plus grand, écrit London, je n'ai pas eu durant toute cette période un pareil faisceau d'incidents émouvants [...]. Aujourd'hui je possède un ranch et je vis loin de la mer. Néanmoins je ne puis rester longuement éloigné d'elle. Quand plusieurs mois se sont écoulés sans la voir, je ne puis tenir sur place [...]. Et alors, brusquement, nous nous précipitons sur les valises et nous partons pour Vallejo où le petit Roamer nous attend. Il attend que le youyou nous ramène à bord, que le feu du fourneau s'allume, que les cargues soient larguées, la grand-voile hissée, que les garcettes de ris tambourinent sur la toile. Il attend le virage de l'ancre à pic, l'élan du départ, les intimations de la barre, tandis qu'il pique toutes voiles dehors vers le nord ou le sud de la baie.

Ainsi London, l'aventurier du Grand Nord, le navigateur des îles du Pacifique, le conteur de *Croc-Blanc* et de *L'Appel de la forêt*, porte au pinacle de l'aventure son cabotage en vue des maisons d'Oakland et des immeubles de San Francisco. Son message est limpide : point n'est besoin de s'élancer au-delà de l'horizon pour trouver le risque et l'inconnu, qui sont les deux sources de l'aventure. Pour London, écrivain des grands espaces et des farouches chercheurs d'or, chantre des forêts sombres et des rives inconnues, l'aventure est à notre porte.

Et si elle est si proche, si elle n'a pas besoin de mers lointaines ni de contrées mystérieuses, en quoi l'aventurier nous est-il supérieur ? Est-il un homme à part, un aristocrate de l'action, un prince de l'inconnu ? On le croit souvent. Au milieu du prosaïsme contemporain, l'aventurier serait le dernier des nobles, le survivant du panache, l'ultime rêveur, celui qui s'élève au-dessus des routines impérieuses de notre époque mercantile, celui qui résiste à l'irrésistible trivialité des temps alors que nous autres, médiocres piétons de la mondialisation, pataugeons dans les marais de la consommation. L'esprit d'aventure serait un esprit de caste et l'aventurier émergerait, solitaire et farouche, au-dessus des simples mortels, seul à garder le goût du risque et de l'inconnu. La culture de masse abrutit le citoyen d'une planète finie et mélancolique. L'aventurier ? Le dernier seigneur…

Le texte de London fait justice de cette conception passablement réactionnaire. L'aventure n'est pas la rédemption élitiste d'un monde oublieux des valeurs de courage et d'audace. Elle n'est pas la protestation d'une poignée d'hommes supérieurs contre la médiocrité ambiante, ni le dernier refuge de la liberté. Au contraire, elle est accessible à chacun d'entre nous, puissant ou misérable, fort ou faible, courageux ou pusillanime. Les aventuriers ne sont pas ces hommes coupés du vulgaire, juchés sur leurs souvenirs scintillants, ceints du laurier de la peur et du danger. Ils sont nos semblables, nos frères, nos représentants, ils sont les ambassadeurs de la masse, les députés de nos rêves. Foin des castes et des surhommes ! Pour London le socialiste, les aventuriers sont comme nous et nous sommes tous des aventuriers.

On dira qu'en guise d'aventuriers l'Histoire nous montre surtout des conquérants agressifs. À l'origine, c'est vrai, l'aventurier est un colon ou un militaire. C'est le marin phénicien qui cherche de nouveaux rivages où installer un comptoir de commerce, le Grec qui fonde une nouvelle cité, le Romain qui veut soumettre des contrées supplémentaires. C'est Erik le Rouge, fabuleux Viking qui colonise cette île, à l'époque verdoyante, que l'on nomme aujourd'hui Groenland et qui découvre l'Amérique sans le savoir. C'est Marco Polo qui ouvre la route de la soie pour faire la fortune d'une famille vénitienne. C'est Christophe Colomb qui cherche le plus court chemin vers les Indes et leurs fabuleux trésors. C'est Cortés qui veut un empire pour son roi et pour lui-même. Ces aventures-là sont mères d'émotions intenses, qu'aucun humain ne pourra plus vivre, celle des marins qui pointent pour la première fois leur proue vers l'ouest, échappant à toutes les cartes pour gouverner droit sur le mystère ; celle du marin espagnol qui, le premier, franchit une montagne dans l'Amérique centrale à peine colombienne et voit, de l'autre côté de la crête, le bleu profond d'un nouvel océan ; celle de Magellan qui sort du détroit qui portera son nom et, malgré la soif, le manque de vivres, la maladie, met le cap sur l'horizon dans un défi surhumain, jusqu'aux îles du Pacifique.

Mais ces aventures-là sont celles de la violence. Intrépides et cruels, ces hommes sont poussés par deux passions, celle de l'argent et celle de la puissance. Ils veulent de l'or ou un royaume. Ce ne sont pas des personnages de London mais des héros de Kipling, le conteur de l'ère coloniale. L'esprit d'aventure, en ce temps-là, c'est l'esprit de lucre, c'est l'esprit de conquête. Ces explorateurs franchissent les limites de la morale comme celles de la géographie. Pour ceux qu'ils désignent comme des barbares, ils sont des barbares plus redoutables encore. Colomb fait de grands massacres d'Indiens Caraïbes et, quelques décennies après l'arrivée des premières voiles blanches au large des plages enchanteresses, il ne reste comme autochtones que les rares survivants d'un génocide désinvolte. La découverte de l'Amérique est pour les peuples noirs celle de l'esclavage. Cortés ment, trahit, torture et soumet dans le sang toute une civilisation. Magellan meurt sous les sagaies d'un peuple auquel il a déclaré la guerre pour en duper un autre. Ils auront d'innombrables émules, ces Blancs à la conscience tranquille, Richepanse, d'Aumale, Brazza, Cecil Rhodes ou le général Custer, qui soumettront un à un les peuples du Sud ou de l'Ouest, tous aventuriers massacreurs dans les forêts d'Afrique, les rizières d'Asie ou les plaines d'Amérique. Le « bon temps des colonies » était un temps de guerre et de répression. Le rêve d'aventure en ce temps-là est un rêve de meurtre. L'aventurier déploie sa volonté de puissance, sans considération pour une règle quelconque ou pour la simple humanité. Avant la lettre, il est nietzschéen. Il incarne l'expansion indéfinie de la vie et de la puissance, la domination sauvage d'un peuple sur un autre, il est un surhomme armé d'une carabine ou d'un canon qui peut ainsi mépriser les esclaves philosophiques et bientôt très réels qu'il rencontre en chemin.

Il faut revenir à Jack London, socialiste, humaniste et pourfendeur en cela des théories de l'auteur du *Gai Savoir* et d'*Ainsi parlait Zarathoustra*. Alors qu'il décrit avec passion ces chercheurs d'or fiévreux et souvent solidaires, ces marins humbles qui se serrent les coudes, London stigmatise dans *Le Loup des mers*, son roman de marine le plus connu, un capitaine sans morale ni frein, qui applique en toute bonne conscience la loi du plus fort et change son navire chasseur de phoques en théâtre de la cruauté. Malgré la pureté des horizons, la splendeur des terres inconnues, le mystère des jungles opaques, l'aventure sous cette forme est une descente aux enfers.

Avec London, la fiction nous montre le chemin. C'est dans les romans qu'on trouve les premiers aventuriers dignes de ce nom, qui portent un message d'humanité. Les grands aventuriers imaginaires sont des hommes comme nous, inventés et pourtant plus vrais. Ulysse tournant le dos à Troie est un marin parmi d'autres, industrieux certes, mais qui veut d'abord rentrer chez lui. Ses aventures sont celles d'un mari jaloux pressé de retrouver sa Pénélope. Robinson Crusoé, qui fonde le mythe du survivant solitaire, qui reste homme au milieu de la sauvagerie de la nature, est un autre marin anonyme qui veut seulement vivre et accède à la célébrité mondiale par son humanité résiliente qui parle à tous les hommes. Le plus grand d'entre eux, Don Quichotte enfin, porte dans sa tête dérangée le rêve de chacun d'entre nous, qui est de vivre intensément, d'être un autre que soi-même. Cervantès parle à l'humanité parce que son personnage double est en fait unique. Quichotte ne fait qu'un avec Sancho Panza, la déraison romanesque d'un côté, la prudence terrienne de l'autre. Nous sommes tous des Panza-Quichotte, incapables de choisir entre l'aventure et la sagesse, le grand large et le village, charger les moulins ou monter notre mule, courir l'aventure ou cultiver notre jardin. Dans le roman de Cervantès, Panza finit par prendre goût aux folies de son maître. Plus l'intrigue avance, plus il devient audacieux malgré son souverain bon sens, gouvernant même avec sagesse le pays que lui lègue le Quichotte. Quant au chevalier à la triste figure, il revient *in fine* à la raison et meurt dans son lit entouré de l'affection des siens. Nous sommes tous des Panza-Quichotte, c'est-à-dire des aventuriers modernes, ni guerriers ni conquérants, mus par la soif d'horizons mais saisis par la peur de l'inconnu.

La littérature populaire nous a faits ainsi, elle a sorti l'aventure des cercles de l'aristocratie, des navires des conquistadors et des campements des soldats de fortune pour la mettre à la portée de chacun d'entre nous. Jusque-là les paysans ne pensaient qu'à leur terre, les nobles à leur château, les artisans à leurs outils, les ouvriers à leurs machines. Subjuguée par la misère, assagie par la religion, la masse rêvait d'une vie moins dure ici-bas et meilleure dans l'au-delà. L'aventure était pour les nobles ou les militaires. Chacun était attaché à sa glèbe, à sa masure, à sa ruelle ou à son échoppe. C'est seulement quand la Révolution française a décrété la souveraineté de l'individu et quand la République a proclamé la lecture pour tous que l'aventure est sortie de sa caste, qu'elle s'est démocratisée. Nous sommes devenus aventuriers par l'exemple de d'Artagnan, de Rodolphe, de Jean Valjean, du comte de Monte-Cristo, des *Mystères de Paris*, de Pardaillan, de Rouletabille et du capitaine Fracasse. Le feuilleton populaire a fait entrer dans tous les foyers le rêve lumineux d'une autre existence, les visions du Quichotte sont devenues des émotions de tous les jours. Depuis le début du XIXe siècle, des générations de héros familiers sont venues murmurer à l'oreille de tout un chacun : « Toi aussi, tu peux aller voir ce qu'il y a derrière l'horizon », le capitaine Nemo, les Robinson de l'Île mystérieuse, le jeune Jim Hawkins entraîné vers l'Île au Trésor par Flint le pirate et son perroquet perché sur l'épaule, Tintin et ses escapades pleines de rebondissements et de bons sentiments... Combien de rêves quotidiens, combien de soirées à la bougie, combien de journées mornes ont été hantés par ces fantômes amicaux, par le cliquetis des épées, le froissement des robes de velours, le grincement des passages secrets, le claquement du grand hunier, le hurlement des loups dans la forêt canadienne ? Combien de fastidieux travaux ont été supportés par l'assurance qu'au soir, rentré chez soi, on ouvrira un livre, un journal et qu'aussitôt la frégate sortira du port, l'épée brillera en pleine lumière, la comtesse rencontrera son chevalier servant, la porte du 221B Baker Street s'ouvrira et la veuve éplorée ou le gentleman affligé contera son histoire à Sherlock Holmes qui les écoutera les yeux mi-clos, pendant qu'un vent d'hiver souffle sur Londres et que Watson tisonne le feu dans la cheminée aux flammes fantastiques. La culture populaire a fait tomber l'aventure de son piédestal pour la proposer à tous, manants ou seigneurs, puissants ou misérables. L'aventurier est sorti de son monde exotique pour s'asseoir au foyer des pauvres et des humbles.

Encore fallait-il donner à ce personnage nouveau une nouvelle morale. En germe chez Cervantès, l'aventurier moderne a été inventé au XVIIIe siècle. Souvent déraisonnable, attiré par les ténèbres, il est néanmoins fils de la Raison et des Lumières. Le premier d'entre eux fut peut-être Bougainville, lancé sur les mers sans rêve de conquête, pour le seul bénéfice du savoir et de l'humanité. Bougainville est un soldat et un marin du roi. Pourtant on ne se souvient pas de lui pour sa carrière militaire, qui fut riche en événements, entre le siège de Québec par les Anglais, la guerre d'Indépendance américaine, la bataille des Saintes perdue par l'amiral de Grasse, où il ne brilla guère, et la Révolution quand il échoue à maintenir l'ordre dans la marine. Non, on se souvient de Bougainville pour une fleur exotique, cueillie sur une terre lointaine lors d'un de ses voyages légendaires à bord d'une frégate dédiée à l'exploration du Pacifique. Militaire de carrière, Bougainville est entré dans la mémoire des peuples pour une œuvre civile. Il a choisi le risque et l'inconnu mais c'était pour une cause pacifique. Ainsi crée-t-il l'archétype de l'aventurier de l'âge moderne : courageux, téméraire à beaucoup d'égards, mais dévoué à la science et à l'entente entre les peuples, loin des rêves de conquête et de colonisation. À sa suite s'engouffrent une longue lignée d'explorateurs désintéressés, La Pérouse au premier chef, qui périt à bord de *L'Astrolabe*, lors d'une tempête sur les récifs d'un atoll, pour la seule gloire de la découverte, puis tous ceux qui allèrent toujours plus loin au cœur des taches blanches des cartes marines.

Une fois l'océan Pacifique exploré, il ne restait plus de terre nouvelle à découvrir, du moins dans les latitudes hospitalières. On se tourna vers les pôles. Ainsi vint la glorieuse troupe des explorateurs des glaces, Franklin disparu à la recherche du passage du Nord-Ouest cher à Chateaubriand, puis Peary, Amundsen, Hansen, Scott, Nobile, Shackleton, découvreurs héroïques de deux continents dont l'un, l'Arctique, flotte sur les eaux et l'autre, l'Antarctique, se cache sous une épaisse couche de glace et de neige. Ceux-là, déjà, définissent la morale et l'économie de l'aventure d'aujourd'hui. Leurs expéditions ne rapportent rien : ils vivent de subventions, celle de l'État et, bientôt, celles des journaux. L'opinion suit avec passion leurs aventures. Les lecteurs de Dumas ou de Jules Verne sont leurs vrais commanditaires. La presse, qui a pris son essor grâce aux progrès de l'imprimerie et de l'alphabétisation, comprend qu'elle a besoin de ces héros populaires. Elle finance leurs voyages en échange d'un récit exclusif, elle met en scène leurs exploits et leurs déboires, passionnant des millions de lecteurs gagnés à l'esprit d'aventure. Ainsi le « sponsoring de communication », dont on se moque parfois à propos des aventuriers d'aujourd'hui, transformés en hommes-sandwichs de sociétés commerciales, est-il présent dès l'origine chez les plus célèbres aventuriers. L'opinion se soucie d'eux : c'est le nerf de la quête. Louis XVI avant d'aller vers l'échafaud, dit-on, posa cette question qui le taraudait : « Avez-vous des nouvelles de monsieur de La Pérouse ? » Avec l'aventurier moderne, c'est le peuple tout entier qui demande : « Avez-vous des nouvelles de monsieur Amundsen, de monsieur Scott, de monsieur Shackleton ? »

Une fois la planète arpentée et cartographiée, une fois les taches blanches des cartes de géographie réduites comme peau de chagrin, on varia les plaisirs. Dans l'âge industriel, la technique s'en mêla et l'exploit devint mécanique autant que géographique. Les pionniers de l'aviation, Blériot, Lindbergh, Mermoz, succédèrent aux navigateurs dans le cœur du public. Vinrent après eux les explorateurs de l'espace ou ceux des fonds marins, gouvernant, tel Nemo, des machines de plus en plus extraordinaires. Jules Verne avait dressé le programme futur : il fallait aller sous les mers, au fond des volcans, au sommet des plus hautes montagnes ou sur la lune. À chaque fois, l'aventurier qui sommeille en tout terrien contemporain vibrait à l'unisson de ses ambassadeurs de l'extrême, partis à la conquête inutile d'un sommet invaincu, d'une fosse marine inviolée ou d'une jungle négligée. Comme les océans étaient déjà connus, on décida de rendre leur traversée plus difficile, plus fascinante. Joshua Slocum ouvrit la voie à la navigation solitaire, dont Alain Gerbault, Bernard Moitessier, Alain Colas ou Éric Tabarly écrivirent les pages légendaires. Alain Bombard fit mieux encore. Sa traversée de l'Atlantique à bord d'un canot pneumatique fut un événement médiatique mondial mais aussi une percée décisive. En risquant sa vie, Bombard a sauvé celle des milliers de naufragés dont on pensait avant lui la survie impossible dans ces canots de sauvetage traditionnels. Bombard est devenu nom commun. Peut-on imaginer plus grande réussite ?

La technique se perfectionna encore et les défis se compliquèrent. On traversa des mers en planche à voile, des océans seul sur un catamaran géant ou sur un radeau en planches ou en roseau ; on fit le tour de la terre en avion, en vélo, en ballon, à pied ou en ULM. On grimpa des sommets à des vitesses inimaginables, on plongea à des profondeurs insoupçonnées, on sauta en parachute de hauteurs inouïes. L'esprit d'aventure démocratisé multiplia les vocations pendant que la boulimie médiatique offrait un financement aux projets les plus fous. L'exploit de quelques-uns devenait l'aventure de tous. Car derrière les héros de l'exploration une industrie nouvelle se développait, à mi-chemin de l'extrême et du tourisme. Comme Jack London sur son petit voilier en baie de San Francisco, des millions de terriens vivaient eux aussi l'aventure au bout du quai, de la rue ou de la ligne aérienne. Les alpinistes, les plaisanciers, les plongeurs, les marcheurs du désert, les randonneurs de montagne, les pilotes de l'aviation légère, les descendeurs de rapides en canoë, tout un peuple d'aventuriers du dimanche formèrent peu à peu la vaste réserve de l'exploration, vivant en miniature les expériences qui les avaient tant fait rêver dans les romans ou sur les écrans. De cette masse initiée, les aventuriers professionnels sont les représentants, les ambassadeurs. Les députés du rêve…

Avec toujours cette condition : l'aventurier peut chercher la gloire, mais rien de plus. Ni la conquête, ni la domination, ni la fortune. Il peut risquer sa vie, à condition que ce soit pour rien, ou bien pour pas grand-chose. Il doit, aussi bien, obéir aux valeurs admises par le public : la connaissance, l'entente entre les peuples, la défense de la planète. Ainsi les Hulot, les Franceschi, les Jean-Louis Étienne, les Steve Fossett, les Ellen MacArthur, règle décisive, doivent incarner autant la morale contemporaine que l'intrépidité. Au cœur des sociétés démocratiques qu'on dit si triviales, l'esprit d'aventure est une aristocratie pour tous, qui incarne non l'arrogance élitiste des héros autoproclamés, mais les valeurs partagées du progrès humain.

Fuir seul, vers le seul

Olivier Frébourg

Écrivain, éditeur, journaliste, Olivier Frébourg est notamment l'auteur de Roger Nimier, trafiquant d'insolence *(La Table ronde, « La petite vermillon »), de* Souviens-toi de Lisbonne *(La Table ronde, « La petite vermillon », Prix des Deux Magots), d'*Un homme à la mer *(Gallimard, « Folio », 2007), de* Gaston et Gustave *(Mercure de France, 2011, Prix Décembre), de* Ports mythiques *(Le Chêne, 2002), et de* Vietnam *(Le Chêne, 2004 ; photographies de Nicolas Cornet). Il a préfacé les œuvres complètes de Louis Brauquier et celles de Bernard Frank. Il appartient au groupe des Écrivains de Marine et a créé les éditions des Équateurs en 2003.*

Pour Audrey Mestre, Bernard Giraudeau,
Loïc Leferme, Pierre Schoendoerffer, in memoriam

L'aventure n'a aucune fin utile. Elle ne sert à rien. Elle est la beauté, la gratuité, l'innocence. Singulière, elle se vit dans le silence, la méditation, l'action. Au large du spectaculaire. Quand elle se confond avec les peuples, elle relève de l'Histoire. En revanche, si la politique devient une aventure, elle tourne aux extrémismes, finit dans le fossé ou au peloton d'exécution. La politique se doit d'être conciliante et modérée. Elle approche le plus grand dénominateur commun alors que par essence l'aventure recherche le plus petit dénominateur commun. Pour paraphraser Pascal sur l'existence de Dieu : l'aventure existe encore aujourd'hui sinon nous ne la recherche-rions pas. Elle est une ascèse qui permet d'atteindre le sacré et la grâce. Il n'y a pas d'aventure sans solitude ni confrontation à la mort. L'aventure, c'est la poésie, la beauté fugitive, le miracle. Il faut essayer de la recevoir en position du tireur debout. Surtout ne pas contracter les muscles, respirer, demeurer souple, aux aguets, vif.

Restons vivants quand les forces mortifères veulent nous mettre au pas et nous dissuader de bouger. Étonnante France normale. Étonnante Europe qui nous sidère par sa crise. Étonnant monde qui se consume dans l'orgie de la consommation et de la croissance. Surtout se contenter d'un toit, d'un foyer, d'un boulot. L'ordre. Nos sociétés libérales ont beau mettre à feu et à sang la planète, elles nous aliènent en voulant nous préserver, en développant le principe de précaution et de sécurité. Elles nous contrôlent par nos écrans ; libres à nous de ne pas perturber le grand cycle de la finance mondialisée qui elle-même a dématérialisé la marchandise. L'aventure, c'est déjà vivre pour échapper à la folie, à l'éclatement généralisé.

Le Métier de vivre : titre du journal de Pavese qu'il tenait avant de se suicider. L'aventure ou l'antidote au suicide collectif. Expérimenter la solitude pour ne pas finir seul et s'empoisonner par isolement. « Parcourir sa route et rencontrer des merveilles, voilà le grand thème – spécialement le tien », écrit Pavese le 25 avril 1945.

Donc ne pas croire que le monde est uniforme, que tout a été vu, découvert, cartographié, photographié. Ne jamais regarder les écrans qui dissuadent de voyager et neutralisent l'ailleurs. Les aventuriers sont les poètes. C'est pourquoi plus personne ne les lit, ne les écoute. Le monde les méprise. La poésie échappe à la valeur utilitaire. Il suffit de voir comment les puissants donnent des leçons à la Grèce, là où est née l'aventure avec *L'Iliade* et *L'Odyssée* d'Homère. Vingt-huit mille vers qui permettent de comprendre dans ses ombres et lumières la condition humaine de l'aventure. Écoutons en préambule la déclaration d'intention de Télémaque, fils d'Ulysse et de Pénélope, conseillé par Athéna, déesse de la guerre, des arts et de la sagesse :

> Mais voyons, donnez-moi un croiseur et vingt hommes pour m'emmener en un voyage au long des côtes : mon projet est d'aller à la Pylos des sables, à Sparte, m'enquérir du retour de mon père et, sur sa longue absence, interroger les gens ou recueillir de Zeus l'une de ces rumeurs qui remplissent le monde.

L'aventure commence bien par cette quête du père et de la parole des dieux. Entendre la rumeur du monde, non pas atteindre l'Olympe mais se hisser hors de soi-même, aller vers l'inconnu pour approcher le précepte delphique du « connais-toi toi-même », avoir conscience de notre condition de mortel et considérer chaque instant avec étonnement. Les dieux au firmament de bronze, qui font rayonner de nouvelles aubes, ces caresses du voyageur. L'aventure, c'est bien prendre la mer.

Rimbaud a écrit le manifeste de l'aventure : « Le bateau ivre ».

> La tempête a béni mes éveils maritimes.
> Plus léger qu'un bouchon j'ai dansé sur les flots
> qu'on appelle rouleurs éternels de victimes,
> dix nuits sans regretter l'œil niais des falots !

Apollinaire est un aventurier. Cendrars aussi. Michaux, bien sûr. Le haschich, l'opium, l'ivresse… Pessoa nous montre que la route de l'aventure est un songe. Georges Perros l'emprunte quand il prend sa moto pour rejoindre le Finistère et contempler les marins de Douarnenez. Jean-Pierre Abraham s'inscrit dans son sillage lorsqu'il guette le raz de Sein de son phare d'Armen. Jean-Claude Pirotte, l'auteur de *La Pluie à Rethel* et de *Faubourg*, est l'une des plus belles figures d'aventurier que j'aie jamais rencontrées. Pour un ciel de Bretagne ou de Charente, il laisse tout tomber. La liberté, ça ne se négocie pas : c'est la part des anges.

Sommes-nous conscients du conformisme dans lequel nous vivons ? De l'académisme que nous subissons, du formidable retour en arrière et du conservatisme que nous perpétrons ? L'aventure échappe à l'enfermement de toute définition. Il y a de la prétention à en parler et les souvenirs d'aventuriers se révèlent aussi pathétiques qu'une séance de diapositives au début de l'essor du tourisme de masse. Elle est échappatoire, refus du prévisible, ouverture vers l'inconnu. Elle est allègement dans une société de plus en plus lourde. Elle permet de retrancher l'inutile pour accueillir le monde. L'aventure, c'est être très présent à soi-même et à autrui. Il n'y a pas d'aventure sans mystique, sans communion profonde avec la solitude. « Fuir seul, vers le seul », affirmait Plotin. Cette expérience de la solitude est celle de l'aventure et de la création. La même décrite par Dante dans *L'Enfer* :

Au milieu du chemin de notre vie
je me retrouvai par une forêt obscure
car la voie droite était perdue.
Ah dire ce qu'elle était est chose dure
cette forêt féroce et âpre et forte
qui ranime la peur dans la pensée.

L'aventure serait donc une lutte contre l'ange – comme l'épreuve de Job dans l'Ancien Testament. Elle l'est dans sa gravité et sa force mais pas seulement. Elle tourne aussi au rire immense, celui de Gargantua et de Don Quichotte. Il n'y a pas d'aventure sans innocence, sans esprit d'enfance. Cette école buissonnière à perpétuité est celle que nous transmet Mark Twain dans *Les Aventures de Tom Sawyer*. Je revois la couverture du roman avec Tom sur un radeau, la tête coiffée d'un chapeau de paille, pieds nus, entouré de ses amis Huck et Joe, l'un fumant la pipe, allongé. Le visage de Tom et ses taches de rousseur, l'émerveillement de celui qui découvre les secrets de la nature.

L'école nous poursuit toute la vie. Les études, l'entreprise, le salariat, la vie de famille… Fuir, oui, toujours fuir, pour échapper à l'ordre social et moral. Il est bien que l'institution nous ait fait découvrir ces lectures qui permettent de prendre la tangente, la diagonale des fous contre la logique de la ligne droite. Tourner les talons à l'ennui des blouses grises, des comptables de l'existence. Vous avez lu *Les Aventures de Tom Sawyer* et ensuite vous croquez dans « La prose du Transsibérien » : « Le Kremlin était comme un immense gâteau tartare Croustillé d'or. »

Cendrars ou la joie dans l'aventure. Elle s'inscrit dans le champ électrique de la modernité. Elle n'est pas nostalgie, elle permet au corps de se déplier car la littérature et l'aventure font partie de la vie. Écoutons sa « Vie dangereuse » :

> Aujourd'hui je suis peut-être l'homme le plus heureux
> du monde
> je possède tout ce que je ne désire pas
> Et la seule chose à laquelle je tienne dans la vie chaque
> tour de

La grande insouciance, la vraie connaissance... Nous ne tenons jamais les rênes de l'aventure. Elle nous emporte, nous désarçonne, nous fait tomber. Mais l'aventure demeure une chevauchée. Kessel la décrit très bien dans la relation entre le bâtard kirghize Igricheff et son étalon arabe, Chaïtane : « Les premiers jours qu'il l'avait eu, Igricheff avait retenu l'étalon, effrayé. Mais il avait bientôt senti que la vertu propre de Chaïtane était précisément le sens du suprême équilibre, aux bornes de la passion et de la vie. Et le cœur d'Igricheff se réjouit d'une joie plus pénétrante, plus sérieuse que celle de posséder un cheval incomparable. Ce démon que Chaïtane recelait dans ses flancs, son cavalier le portait aussi. Son existence entière n'avait été qu'une course lucide sur les marches extrêmes du plaisir, de la violence et de la mort. »

L'aventure permet de fouetter ses propres démons. Là encore je me souviens de la couverture, cette fois rouge, de l'édition représentant un cavalier. Une fortune carrée désignant pourtant une voile tempête, métaphore d'une vie placée sous le signe de la violence, du coup de tabac et de l'imprévu. Quand j'ai lu le roman de Kessel, je découvris l'esprit de la camaraderie embarquée. Je ne savais pas alors que le personnage de Mordhom s'inspirait de Monfreid.

Plus tard, je me retrouvai en mer Rouge. Et je vécus cette expérience de découvrir une corne de l'Afrique – Djibouti, Obock, Massawa, mais aussi les îles Dahlak – qui était celle de Kessel et de Monfreid. Tout était intact. Et ma première nuit à la belle étoile sur les hosties de sable des îles Dahlak, je la reçus comme une offrande. Je pensais alors non sans un rire intérieur aux redoutables Afars qui avaient la réputation de couper les testicules de leurs prisonniers. Loin de la civilisation, du continent, sans communication, j'éprouvais la liberté des mers.

À Massawa, port de l'Érythrée, je buvais un verre le soir avec mes compagnons de fortune et nous écoutions le capitaine Jurgen, un vrai aventurier, lui, un Hollandais navigant, ancien légionnaire dont le cargo blanc avait été arraisonné par les autorités érythréennes, raconter son épopée. Soupçonné de trafics de drogue et d'armes, retenu dans ce port ensablé du bout du monde, il apparaissait chaque soir dans son uniforme blanc de commandant, indifférent aux vagues du destin qui l'avaient jeté à terre, sûr de lui, de sa force, de son innocence. Une femme, des enfants l'attendaient au Nigeria. Sa vie, c'était désormais l'Afrique, l'absence de certitude, la bataille pour sa propre survie. Le capitaine Jurgen avait-il croisé Corto Maltese dans l'une de ses vies imaginaires ?

Je me souviens d'une remontée de la lagune de Lagos, l'ancienne capitale du Nigeria, et d'avoir eu l'impression d'être recouvert par les grands palétuviers de l'aventure, englouti par le cœur de la forêt.

Je me souviens d'avoir débarqué à Freetown, en Sierra Leone, et découvert à l'aube une ville désertée, fantomatique. Nous avions le sentiment, mon camarade et moi, d'être les deux derniers êtres vivants dans cette capitale couverte par le bruit de la canonnade qui s'élevait des montagnes environnantes. Je n'avais pas le sentiment de traverser une zone dangereuse, de risquer ma vie et me concentrais sur les couleurs de cette Afrique créole.

Je me souviens d'avoir voyagé sur les traces de Malraux et de Duras au Cambodge et au Vietnam, de Livingstone en Afrique, de Paul-Émile Victor en Polynésie, de Pessoa à Lisbonne, de Mandiargues à Barcelone, de Carlos Gardel en Argentine, de Hemingway à Cuba. De les avoir rencontrés. D'avoir découvert que les morts et les vivants n'étaient séparés que par quelques fuseaux horaires. Marcher dans les pas de… permet de suivre les âmes errantes légères comme des papillons de nuit et de marcher un jour pour soi.

Je me souviens d'être arrivé un soir à Bulawayo (Zimbabwe) et d'avoir grimpé à l'arrière du premier pick-up qui m'emmena danser dans les caves de cette ville musicale.

Je me souviens d'avoir traversé les montagnes du Yunnan à près de deux mille mètres d'altitude, regardé à pic la vallée du Nam-ti, surnommée la vallée de la mort, d'avoir été sidéré par cette beauté : « Tu peux mourir maintenant, tu ne verras jamais rien d'aussi puissant. »

Je me souviens de Djibouti, d'un boutre que nous tentions d'affréter pour rallier Aden, et d'avoir partagé avec les marins affalés sur le pont, les yeux rougis par le khat, le coucher du soleil dans un sentiment de communion. Dans ce port, André Marill, un transitaire maritime, le fils de l'ami de Monfreid, me raconta sa vie : il avait débarqué de France quelques années après la Seconde Guerre mondiale pour fermer le comptoir commercial de son père qui ne donnait plus de ses nouvelles, reclus dans le chagrin causé par la mort de sa fille : il n'ouvrait même plus son courrier dont les piles constituaient un fortin autour de son bureau. André Marill, contre toute prévision, était resté à Djibouti, tombé fou amoureux d'une Somalie, avait repris le commerce paternel du troca, ce coquillage qui servait autrefois à la confection des boutons, avant de mener une existence de commerçant aventurier et de dire adieu à la métropole.

Je me souviens de n'avoir jamais été déçu par les villes étrangères. Elles épousaient toutes le labyrinthe dessiné par mon imaginaire.

Il y a des terres et des mers où souffle l'aventure. Il suffit de regarder une carte, de lire certains noms, de faire chanter la litanie de la toponymie pour appareiller immédiatement. Mer Rouge et, plus loin, mer d'Oman, golfe du Bengale, mer de Chine, mer de Java, font partie du grand jeu de l'aventure. Sur ces mers où naviguent Conrad se dérouleront les odyssées du monde de demain.

Au milieu des porte-conteneurs géants, un sambouk, une goélette ou une jonque hissera la fortune carrée. Et dans une bouteille à la mer, on trouvera le poème de Kipling, « If » :

> Si tu peux voir détruit l'ouvrage de ta vie
> Et sans dire un seul mot te mettre à rebâtir,
> Ou perdre en un seul coup le gain de cent parties
> Sans un geste et sans un soupir ;
>
> Si tu peux être amant sans être fou d'amour,
> Si tu peux être fort sans cesser d'être tendre.
> Et, te sentant haï, sans haïr à ton tour,
> Pourtant lutter et te défendre.

Ce poème est l'ultime chant, celui de la transmission. Si l'aventure se trace dans la solitude et l'inquiétude, elle se partage aussi avec le chœur des hommes. Sinon, sa philosophie du détachement, de l'allègement, serait absurde. L'aventure fait bien partie du grand mystère dans lequel nous avançons avec une lampe-tempête. Elle est une note légère jouée sur la portée du monde. L'aventure est fluidité, plongée en apnée dans les ténèbres pour trouver à l'autre extrémité la lumière. Mais l'aventure se heurte aujourd'hui aux enfers des écrans, des avatars, des réseaux sociaux. Le rêve est l'essence du réel. « Le monde entier est toujours là/la vie pleine de choses surprenantes. » Larguons tout ! Aujourd'hui, l'aventure est la résistance du ciel et de la mer contre l'esclavage du virtuel.

Osons, osons, il en restera toujours quelque chose

Olivier Archambeau

Olivier Archambeau est maître de conférences au département de géographie de l'Université Paris-VIII, président de la Société des explorateurs français et vice-président de l'Université numérique francophone mondiale (UNFM). Il a participé et a dirigé de très nombreuses expéditions à travers le monde.

Il y a une dizaine d'années de cela, par une nuit de mai, un paquebot de cent vingt mètres de long nommé *Le Diamant* fendait les eaux tranquilles de la mer de Marmara. Les faibles vibrations des machines s'étaient arrêtées et le navire allait sur son erre[1]. Le commandant s'apprêtait à faire monter à bord le pilote turc nécessaire au passage du très fréquenté détroit du Bosphore. Les lumières vertes des instruments de navigation éclairaient la passerelle et les ordres précis étaient donnés dans un calme et une sérénité qui reflétaient le professionnalisme des officiers de quart.

Témoin privilégié de ces instants, je me demandais tout à coup combien de métiers ou d'occupations passionnantes permettaient encore de faire d'une vie, de sa vie, une véritable aventure. Je m'interrogeais d'autant plus que mon métier d'enseignant à l'université me confrontait sans cesse à nombre de questions récurrentes venant de jeunes étudiants géographes. Elles tournaient toujours autour du même thème : que faut-il faire dans

---

1. Vitesse, élan acquis par un bateau (*NdÉ*).

notre société pour se construire une vie exaltante et qui ait du sens ? Le simple fait que la question fut posée n'était évidemment pas bon signe, mais l'enseignement ne consiste-t-il pas, aussi, à faire réagir et à déclencher quelques réactions salvatrices ?

Pendant ce temps, *Le Diamant* doublait la Corne d'Or, le pont de Galata et les coupoles illuminées d'Istanbul chers à Pierre Loti. Dans les voies à suivre, écrivains-voyageurs et marins faisaient certainement partie des exemples à citer.

Au débouché du détroit, la mer Noire s'étendait vers le levant. Je quittai la passerelle pour m'en retourner dans ma cabine, essayant de répondre à cette épineuse question : l'esprit d'aventure pouvait-il servir à transcender le métier de géographe ? La discipline géographie était-elle encore capable d'offrir un vrai chemin d'aventure ? J'avais apporté dans mes bagages quelques livres pour améliorer mes conférences à bord et trouvai, au milieu de ceux-là, l'annuaire des membres de la Société des explorateurs français. Une société créée en 1937 et dont les acteurs avaient eu ou avaient encore des parcours et des vies extra-ordinaires, au sens premier du terme.

Il y avait dans ce cahier de grands voyageurs, des découvreurs de régions mal connues, des chercheurs, des alpinistes, des anthropologues, des ambassadeurs, des écrivains, des pionniers des mondes sous-marins et souterrains ou encore, et la liste n'est pas exhaustive, ceux qui avaient choisi l'espace et la conquête spatiale. Il y avait aussi des géographes et je décidai de m'inspirer de leur vie pour trouver quelques réponses.

Le très large éventail de professions présent dans cet annuaire prouvait que l'aptitude à vivre l'aventure était bien davantage une question d'homme que de métier. Tous, par contre, semblaient partager l'idée fondamentale que la vie elle-même n'était qu'une aventure. Il apparaissait également, en parcourant ces lignes, que chacune de ces existences était en phase avec la marche du monde. Si certains comme Paul-Émile Victor, Théodore Monod, Jean-Loup Chrétien ou Jean-Louis Étienne étaient plus connus que d'autres, tous avaient vécu ou vivaient aujourd'hui sans renoncer à leur rêve.

Cet objectif légitime, qui apparaissait à l'époque comme la plus grande des évidences pour une femme ou un homme digne de ce nom, semble aujourd'hui de plus en plus difficile à atteindre. Les formes de contrôle des activités humaines dans leur ensemble, la production de normes sans cesse plus restrictives, donnent une orientation indicible mais ferme à une société occidentale dont les idéaux et les valeurs sont malmenés sans être véritablement redéfinis ni remplacés. Ces évolutions relativement lentes, mais jamais remises en question, sont peu enclines à favoriser la liberté d'action et l'épanouissement de chacun.

C'est en partant de l'individu qu'il paraissait donc plus aisé d'expliquer à mes jeunes géographes le rôle d'entraînement que pouvait produire l'esprit d'aventure dans nos sociétés et dans leur discipline. Je ne cherchais pas à identifier les qualités spécifiques ou les défauts récurrents de ces personnages pris comme modèles, mais plutôt à interroger leurs points communs et peut-être plus encore, la manière dont ils incarnaient l'esprit d'aventure dans leurs propres existences, pour les autres et pour la société.

Un des premiers éléments repéré au cours de mes discussions avec les actuels membres de la Société des explorateurs français était très certainement la fascination pour les premières lectures des récits d'aventures, les épopées et la construction des rêves qui allaient de pair. Les enfances ne pouvaient être semblables, mais les lectures étaient visiblement très similaires. Si chaque génération avait magnifié et su profiter des modèles intemporels comme Ulysse, Alexandre, Burton, Stanley ou encore quelques célèbres corsaires et pirates, les inspirations contemporaines étaient par définition plus variées. Les figures de l'Aéropostale, par exemple, étaient en bonne place dans ce panthéon mais, dans les discussions, la « noblesse » des récits et la différence entre histoires réelles et imaginaires n'apparaissaient pas comme un élément discriminant. Même souvent raillées et considérées parfois comme trop simplistes, les séries « aventures » des bibliothèques rose et verte avaient apparemment déclenché autant de vocations que nombre d'ouvrages plus littéraires.

Les cartes, les planisphères et les toponymes inscrits dessus semblaient également revêtir un caractère hypnotique et tout aussi déterminant dans la formation des rêves et la réalisation d'une vie d'aventure. Djakarta, Macao, Buenos Aires, Lubumbashi et tant d'autres noms aux consonances étranges avaient la capacité de produire nombre de fantasmes suffisamment puissants pour provoquer et permettre le départ.

Le plus souvent, toutes ces lectures avaient su accompagner les idéaux construits dans la préadolescence. « Nul ne guérit de son enfance », chantait Ferrat, traduisant ainsi l'incroyable force des illusions de la jeunesse quand elle est encouragée et nourrie par l'action dans un contexte favorable.

Lorsque l'on cherche à caractériser les personnages ayant vécu ou vivant une vie d'aventure, force est de constater qu'il existe bien un socle commun ou, du moins, certains attributs nécessaires pour être ou devenir ce type d'homme ou de femme. Une sorte de plus petit dénominateur commun des états d'âme, des valeurs et des capacités nécessaires à la mise en œuvre de l'esprit d'aventure. On y trouve pêle-mêle l'énergie, l'engagement, l'action, la ténacité, la passion pour une cause ou une science, le refus d'emprunter les routes toutes tracées, le sentiment de liberté, enfin le désir de témoigner et de ramener sous de multiples formes une œuvre pour les autres, sorte d'offrande à ceux qui restent au port. Peuvent s'ajouter parfois la capacité à la lutte armée, au romantisme, à l'amour, à la fraternité, à la nostalgie, à la fuite. Ces forces internes bouillonnantes, cette alchimie, finissent souvent par produire des personnalités au caractère bien trempé – trait courant chez ceux qui savent cultiver la créativité, l'imagination et la capacité au rêve, quel que soit leur âge.

Ce socle de valeurs ou de croyances exposé à mes étudiants et jeunes chercheurs en géographie leur révélait une sorte d'évidence : l'esprit d'aventure est avant tout protéiforme, ne s'achète pas, et il n'y a aucun sens à classer les vies aventureuses ou les aventures elles-mêmes en fonction de leur importance. Si certaines existences restent plus formidables que d'autres au regard de l'histoire ou de la science, chacun sent bien qu'il est finalement possible de concrétiser ses rêves et de se construire une vie à sa mesure. Mais chacun sent également qu'il faudra être capable d'en payer le prix.

Plus difficile, en revanche, est de faire passer l'idée qu'une existence guidée par l'esprit d'aventure ne se segmente pas. Que dans une vie dominée par l'engagement et la passion, les mots « vacances », « RTT », « vie active » et « retraite » n'ont plus beaucoup de sens ; que l'existence devient alors un temps beaucoup plus continu et homogène que ne voudrait le faire croire la pensée dominante et que, enfin, une vie dominée par l'esprit d'aventure n'est pas une posture passagère, mais bien le résultat d'une décision ou d'un choix personnel qui s'étale dans le temps.

Tentant fort modestement de mettre en pratique ces discours, je me livre régulièrement à une expérience qui consiste à faire organiser aux étudiants de géographie de l'Université Paris-VIII une « expédition » de six semaines sur un territoire éloigné de leur choix. L'idée de ce laboratoire vivant est de recréer le plus fidèlement possible les ambiances et le travail menés par les géographes d'antan, comme Brunhes ou Humboldt, sur des espaces très étendus. En plus de l'utilisation et de la mise en œuvre des outils classiques de la géographie, c'est la vie et le travail scientifique en équipe, les responsabilités et l'aventure qui en découlent qu'il m'intéresse de recréer. Il ne s'agit nullement de nostalgie, mais bien de démontrer que la capacité à imaginer et à construire une expédition aventureuse est aujourd'hui encore possible. Et très vite sur le terrain, lorsque le confort habituel disparaît, les rapports changent. Le petit groupe de quinze étudiants se soude, travaille, se responsabilise et s'organise. Bien évidemment, il ne s'agit pas de la Croisière Jaune ni du tour du monde de Magellan, mais six semaines dans le bush australien révèlent déjà bien plus de talents et d'aptitudes qu'une année entière dans les salles de cours d'une université. Le côté positif des énergies débordantes apparaît et si quelques conflits se font jour ils se règlent aussi sûrement qu'il est impossible de s'échapper du désert. Peu à peu les âmes se livrent. Le temps long de l'expédition est important, l'adaptation de l'homme au milieu reprend tout son sens, la dureté du climat est considérée, la régularité, le rythme de l'expédition s'installe. L'absence de réseau de communication qui pose souvent problème au début du voyage perd de son importance au cours du temps, car d'autres dynamiques et priorités s'établissent. Les métamorphoses sont surprenantes. La première dizaine de jours, ce sont les affinités liées à la préparation de l'expédition et au rôle de chacun (cartographie, prises de vue, écriture, relevés de terrain, logistique...) qui définissent les rapports au sein du groupe. Puis vient le temps où les tempéraments se dévoilent. Souvent, à la moitié du voyage, l'expédition tout entière se crispe, des tensions apparaissent, de petits groupes se forment. C'est la période d'adaptation du groupe à la durée, six semaines étant aujourd'hui déjà considérée comme un temps long. Enfin, la dernière partie de l'expédition voit quasi systématiquement se transformer encore une fois les relations à l'intérieur du groupe. Plus le terrain et le travail sont difficiles, plus l'équipe, dans la grande majorité des cas, devient solidaire. Un nouvel équilibre se crée, les liens ne sont plus les mêmes, le respect des uns pour les autres a grandi. On retrouve ici les prémices des mêmes éléments qui transforment les relations entre les hommes dans des situations beaucoup plus dramatiques, quand de la solidarité dépend la survie. L'équipe qui ressort de cette aventure n'est plus la même, les rapports entre les personnes ont souvent été bouleversés.

Tenter de transmettre quelques notions liées à l'esprit d'aventure au travers de ces études sur le terrain amène à faire émerger dans une réalité choisie par le futur jeune chercheur des émotions et des sentiments que la situation et le temps de l'expédition permettent de mieux cerner. Les repères ne sont plus les mêmes. Le terrain s'appréhende sous toutes ses facettes et amène de nouvelles palettes d'impressions et de sensations. Science et aventure peuvent alors se retrouver pour aller chercher auprès de la réalité du terrain les éléments indispensables à la réflexion géographique. Pour les étudiants, les récits des grands anciens de la discipline, les atlas ou la *Nouvelle Géographie universelle* d'Élisée Reclus, par exemple, prennent alors une tout autre dimension. Les grands géographes du XIXe siècle, à l'esprit d'aventure avéré, n'apparaissent plus alors comme des hommes sans visage, mais comme des modèles familiers. Des hommes avec lesquels il devient presque possible de partager des points de vue sur les cultures rencontrées ou des méthodes de terrain appliquées. On partagera aussi très rapidement la frustration de ne pouvoir tout décrire, tout étudier, tout transmettre. J'ai cru voir plusieurs fois dans ces moments une certaine communion générationnelle et une modeste mais légitime fierté chez ces géographes en herbe. La soif d'apprendre et de découvrir sa discipline sur le terrain fait aussi s'exercer le libre arbitre, la nécessité d'agir et de penser par soi-même et la capacité à prendre des risques calculés pour être capable d'interroger les savoirs et vérités du moment. À la fin de ces aventures géographiques, ces jeunes auront réussi à mettre des mots et des sentiments sur le monde, à se fabriquer leurs propres cartes mentales, à se forger leurs convictions par l'expérience et à mettre des images réelles sur des rêves de gamin.

Au retour, ils sont aussi souvent confrontés à quelques désillusions. Celles que connaissent tous ceux dont le voyage est un métier et qui, à force d'expériences, ont appris à garder leurs récits pour eux ou pour leurs livres. Nombreux sont ceux qui relatent, stupéfaits, le peu d'enthousiasme ou l'intérêt poli de leurs amis ou de leur entourage à écouter leur récit d'expédition. Ils apprennent du même coup qu'une vie d'aventure est fort difficile à partager. Si ces jeunes géographes ne finissent pas tous aventuriers, loin s'en faut, je vois souvent quelques années plus tard le chemin parcouru, l'évolution et l'assurance nouvelle dont ils font preuve.

Ils me confient pourtant, sans naïveté, d'autres désillusions bien plus cruelles. Par exemple, le constat, à la fin de leurs études, que l'esprit d'aventure et les espoirs qui s'y rapportent ne sont pas véritablement mis à l'honneur dans le difficile contexte actuel. Je parle moins d'un contexte économique toujours changeant et plus ou moins favorable selon les décennies que d'une époque qui voit l'enthousiasme et l'initiative constamment refrénés. Que leur propose cette société où la seule réussite ne peut être que financière, mais où l'ascenseur social reste totalement bloqué ? Une société qui refuse de donner une direction autre que celle de la réussite économique a bien peu de chances de trouver son équilibre et il n'est pas interdit de se poser quelques questions lorsque les plus méritants et les plus énergiques finissent eux-mêmes par s'épuiser à chercher sans fin une porte de sortie. Le fameux plafond de verre est largement atteint et la société devra rapidement prendre conscience de l'énergie qui s'accumule dans cette jeunesse à la frustration grandissante.

La rudesse économique de l'époque n'est pas, loin s'en faut, seule responsable. Les libertés ploient sous le poids sans cesse croissant de normes, de règlements et autres principes de précaution qui, pour être partiellement efficaces, n'en détruisent pas moins la capacité des hommes à l'exercice du libre arbitre, de l'autonomie et de la responsabilité. Un monde aux perspectives ennuyeuses et dangereuses où le pays dépense toujours plus d'énergie à construire un système où les hommes se sentent de moins en moins à l'aise, plutôt que d'investir dans la liberté d'action, l'enthousiasme et la confiance dans les citoyens.

Peut-on imaginer un instant que, dans un tel contexte, Louis Blériot ait construit ses avions de toile et de bois, qu'Ettore Bugatti ait fabriqué des automobiles capables d'atteindre 210 km/h équipées de freins ridicules, ou encore que les ingénieurs de Sud-Aviation aient conçu un appareil comme le Concorde dépassant par deux fois la vitesse du son ? L'esprit d'aventure a depuis bien longtemps cessé de souffler du côté du pouvoir, qui préfère celui d'une rationalité sans imagination et, par ailleurs, toute discutable en termes d'efficacité économique.

L'esprit d'aventure a souvent été l'apanage des pionniers, qui ont grandement contribué à la marche du monde, celle qui consiste à toujours aller voir plus loin, plus haut, dans tous les domaines, atteindre les limites, là où l'adaptation et l'intelligence de l'homme font merveille. À chaque époque ses hommes exceptionnels, ses problématiques et ses technologies ; à chaque époque ses savants et ses héros. Quels sont les nôtres aujourd'hui ? Ne nous faisons aucune illusion, d'autres pays intellectuellement et politiquement plus proches d'une philosophie de progrès se chargeront de nous faire comprendre ces erreurs d'appréciation.

Paradoxe de la situation, notre pays réputé pour la qualité de son enseignement supérieur finance massivement chaque année la constitution d'une très importante capacité intellectuelle qu'en l'état actuel des choses il est incapable d'absorber. Par ce fait, il rejette vers l'extérieur une grande partie de cette énergie et de cet esprit d'aventure humaine et scientifique qui pourraient l'habiter. Si de nombreux étudiants se satisferont de la situation actuelle, les autres, pour respecter leurs rêves, tenteront leur vie ailleurs.

Éduquer un enfant sauve un homme, disait Victor Hugo ; l'esprit d'aventure le gardera debout.

Le lion de Belfort

Tristan Savin

Né en 1965, Tristan Savin est rédacteur en chef de la revue Long Cours *et chroniqueur littéraire. Il anime, depuis 2004, la rubrique « L'Esprit des lieux » du mensuel* Lire. *Longtemps grand reporter, il a notamment collaboré à* Geo *et à* L'Express. *Il a publié, entre autres, des guides de voyage et un roman d'aventures aux éditions Hachette, une nouvelle dans le* Journal des lointains *(Buchet-Chastel, 2006), des dictionnaires (dont* Nyctalope, ta mère, *réédité en 2012 dans la collection « Le goût des mots » de* Points*) et deux anthologies au Mercure de France :* Le Goût de l'Abyssinie *(2009) et* Le Goût de Tahiti *(2012).*

Mon chat est un aventurier. Aussitôt arrivé à la campagne, il bondit dans le jardin, escalade le mur, grimpe aux arbres. Il ne craint pas le chien des voisins. Ni de dégringoler de sa branche. Pourtant, c'est un vrai Parisien. Quoique d'origine siamoise. Il porte un élégant collier bleu – doté d'un numéro de téléphone en cas de perte. Il est imprégné d'un produit antipuces. Je me demande parfois si les chats semi-sauvages du village le prennent pour une tafiole. Malgré les apparences, il retrouve son instinct aussitôt au contact des herbes : il me rapporte des orvets, des musaraignes, des merlettes.

Nos aïeuls ne faisaient pas autre chose. Il leur était naturel de chasser, de pêcher, de battre de leurs pieds nus, cornés, des semaines durant, taïgas ou savanes, de franchir des montagnes, de braver l'inconnu.

L'humanité a évolué grâce au nomadisme. Il a fallu à Bruce Chatwin des années de voyages et de recherches documentaires pour le démontrer, dans une ode à ces tribus aborigènes héritières du passé, *Le Chant des pistes*. Et maintenant ? L'aventure est au coin de la rue, me direz-vous. L'aventure est en nous. Un beau matin (ou un soir bien laid), nous quittons un lit douillet pour un boulevard sauvage. Nous ne savons jamais vraiment de quoi la journée sera faite.

Certains n'acceptent pas cette idée. Ils organisent leur vie de manière à éviter le moindre problème. Tout est réglé, compartimenté, organisé. D'autres provoquent les événements, vont à la rencontre des sensations fortes. Est-ce cela, l'esprit d'aventure ? Une prédisposition à tenter le sort ? La volonté de lutter contre l'ennui ? Ou ne serait-ce pas tout simplement la passion de la vie ? Personnellement, je ne peux dissocier l'esprit d'aventure de la curiosité. Il faut apprivoiser la peur de l'inconnu.

Aimer l'aventure, c'est pousser une porte sans savoir ce qu'elle cache. Suivre un étranger sans connaître sa destination. C'est le goût du risque. Mais pas seulement physique. Ne pas craindre pour sa réputation, son confort, sa santé mentale. En ce sens, un savant, qui aurait passé sa vie dans un laboratoire, sans en sortir, peut faire preuve d'un véritable esprit d'aventure. Cet esprit animait Galileo, Albert Einstein et Jean-François Champollion, mais aussi Pablo Picasso ou Louis-Ferdinand Céline. Ils ne craignaient pas l'inconnu. À savoir ce qu'ils risquaient de découvrir en fouillant le passé, le cosmos, l'infiniment petit ou l'âme humaine. Les grands découvreurs ont tous été de véritables aventuriers. Pas seulement les explorateurs, Vasco de Gama ou Bougainville.

On pourrait en déduire – et je me demande ce que Freud et Gandhi penseraient de cette idée : il n'y a pas forcément de l'esprit dans l'aventure, mais il y a presque toujours un aventurier chez les grands esprits. De nos jours, dans un genre bien différent, la plupart des entrepreneurs font preuve d'un esprit d'aventure en risquant la faillite, le discrédit.

L'aventure implique l'action. Comme dans le sport, celle-ci entraîne des enchaînements, des rebondissements. C'est le fameux « action-réaction ». L'esprit d'aventure, lui, se définirait par une autre formule : « action-création ».

★

Il faut se méfier des glissements sémantiques. Le terme « aventure » a pris tellement de sens différents. Au Moyen Âge, le mot était synonyme de « hasard ». Au XIXe siècle, l'esprit d'aventure était apparenté à la « recherche de la nouveauté ». Au XXe, le dérivé « aventurisme », péjoratif, était synonyme d'inconscience, d'irréfléchi. Dans le roman bourgeois, les héros sont le plus souvent des aventuriers malgré eux. Quant à l'expression « aventure amoureuse », elle induit une erreur de parcours, une relation sans lendemain, une simple amourette, due à un manque de contrôle de soi, une pulsion… Dans tous les cas, l'aventure suggère toujours une notion d'insécurité.

L'esprit d'aventure est donc une prise de risque. L'aventurier a de l'audace. On pourrait dire du culot. Il y a également en lui du non-conformisme. Et, bien entendu, un désir de liberté. Le contraire serait : panurgisme. Suivisme. Béni-oui-ouisme.

L'esprit d'aventure animait les pionniers, de tous bords

et de tous horizons. Cet esprit est-il toujours d'actualité ? Existe-t-il encore dans notre monde globalisé, aseptisé, ultra-sécuritaire ? A-t-il au moins un sens ? « Plus le mot aventure est dans les bouches, moins son esprit est dans les têtes. » Cette observation – tirée d'un dialogue à trois, *De l'esprit d'aventure* –, on la doit à Jean-Claude Guilbert, un homme qui sait de quoi il parle, un bourlingueur, un vrai, ancien grand reporter, écrivain, dont le courage et le caractère bien trempé inspirèrent Hugo Pratt pour l'un des personnages des *Scorpions du désert*.

L'aventure est devenue un label, un concept marketing (le cow-boy Marlboro), une technique narrative hollywoodienne ou encore une nouvelle forme de tourisme. On les voit défiler à Katmandou, à Punta Tumbo ou à Komodo, ces clients des tour-opérateurs déguisés en Indiana Jones, férus de rafting, de canyoning, de birdwatching ou de trekking, randonneurs en rang d'oignons. Le gros des troupes est composé de quadragénaires en quête d'extrême rémunéré, organisé, bien cadré, assurance incluse.

Quant aux adolescents d'aujourd'hui (pas tous mais, semble-t-il, une bonne partie), ils ne brillent pas souvent par leur esprit d'aventure – comparés à leurs ancêtres chevelus partis à Goa guitare au dos et fleur entre les dents… Les garçons ont du mal à quitter leur maman. Chez les filles, la mode est aux soirées pyjama. Et l'argent – tant méprisé dans les années 1960-1970 – est devenu une valeur refuge.

Pour les addicts aux nouvelles technologies, le chargeur de téléphone est le pendant du cordon ombilical. On ne quitte plus les sentiers asphaltés, de peur de ne pas trouver une prise électrique pour sa batterie. À l'exception des lecteurs du *Lonely Planet*, on ne voyage pas en dehors des pays développés. Par crainte de contracter une maladie. D'être pris en otage. De se faire emporter par un tsunami. On rêve d'aller à New York, à Miami, à L. A. – pas en Indonésie. Encore moins en Afrique ou au Moyen-Orient. Trop de terrorisme.

Gavée d'« informations », la jeunesse a l'air de vivre dans la terreur. La peur du monde. La peur du manque. La peur de l'autre. La peur de l'Inconnu. Les scores du Front national chez les 18-25 ans sont là pour le prouver. Le plus souvent, la prise de risques se limite à l'absorption de substances illicites. À la conduite en état d'ivresse. Voire les deux chez les plus inconscients. Ce repli sur soi engendre l'autisme. L'individualisme. Le narcissisme. Avec ce corollaire : le manque de curiosité. Combien de personnes se demandent encore, en écoutant une musique à la radio : « De qui c'est ? »

J'exagère, bien sûr. Je généralise. Je noircis le tableau, peut-être par jalousie (les ados ont l'avenir devant eux, cela me manque). Certains jeunes démontrent un véritable esprit d'aventure, chacun à leur manière : créer une start-up, réaliser des films, militer contre les OGM, monter un groupe de rock, se lancer dans l'humanitaire. Cela me plaît, me rassure. Je retrouve en eux l'élan qui m'animait à leur âge.

À leur corps défendant, le numérique a tout révolutionné. Avec l'irruption des jeux vidéo, le danger est devenu virtuel. On part au bout du monde pour s'enfermer dans un cybercafé. L'aventure, la vraie, pour les nouvelles générations, serait de se retrouver dans un pays où le téléphone ne passe plus, où l'Internet n'existe pas. Sur Mars, peut-être ?

★

Je ne suis pas un modèle – loin de là. En plus de quarante-cinq ans d'existence, j'ai commis quantité d'erreurs (la plupart dues, justement, à mon aventurisme). Je ne cherche donc pas à m'ériger en parangon de la jeunesse, encore moins à la juger. Je veux seulement comprendre comment la nouvelle génération s'est peu à peu désintéressée de ce qui faisait, naguère, le sel de la vie. À savoir cet esprit d'aventure et de découverte, matérialisé par la quête de l'ailleurs et la rencontre de l'autre.

La société, l'époque elle-même, en sont bien sûr responsables. Mais aussi les parents, les enseignants, les politiques. Les médias également. Les héros d'aujourd'hui ne sont plus d'Artagnan ou Monte-Cristo. Mais des footballeurs aux émoluments disproportionnés, des *people*, des enfants gâtés de la téléréalité.

Quel contraste avec les belles figures – certaines oubliées – qui m'ont servi de modèles. Hérodote. Lao-tseu. Miguel de Cervantès. Alexander von Humboldt. Mon aïeul Jean-François Champollion. Casanova. Rimbaud, bien sûr. Gordon Pacha. Sigmund Freud. Blaise Cendrars.

Lawrence d'Arabie. Wilfred Thesiger. Ernest Hemingway. André Malraux. George Orwell. Henri Michaux. Nicolas Bouvier. Sans omettre Joseph Conrad. Et les explorateurs, parfois écervelés : Jules Crevaux, naufragé de l'Amazone. René Caillié, premier « Blanc » entré à Tombouctou. Le colonel Fawcett, disparu dans les jungles du Pérou ou de Bolivie, à la recherche de la mystérieuse cité perdue de Z.

Il y a, souvent, une part de folie chez ces hommes. Mais y aurait-il de la grandeur sans elle ? Quand le capitaine Franceschi reprend la barre de sa *Boudeuse* – malgré les créanciers –, l'esprit d'aventure perdure. Idem quand le sylvestre Tesson s'enferme six mois dans une isba en bois au bord du Baïkal, pour relire Ernst Jünger, observer les oiseaux, méditer sur l'absurdité d'une époque vouée à la vitesse, au bruit, au profit, au plastique.

Oui, l'intelligence aventureuse anime encore certaines personnes, rares, originales, en apparence perdues mais sûres d'elles-mêmes. Car l'esprit domine.

★

À mon échelle personnelle, et sans fausse modestie, je ne me considère absolument pas comme un aventurier : je suis un passionné – mû par l'esprit d'aventure. J'ai des goûts de luxe, je me suis attaché à mon confort de bourgeois bohème. Je pourrais difficilement passer vingt-quatre heures sans rien avaler. À l'instar de la plupart des hommes de mon âge, j'ai connu les aventures les plus courantes : le chômage, le divorce, la dépression, la difficulté d'être père.

Cela dit, j'ai été entraîné, toute ma vie, par la curiosité. Elle m'a préservé de la monotonie, de la médiocrité. À mes yeux, il ne s'agit pas d'un « vilain défaut » mais d'une qualité. Elle nous enrichit, nous permet d'évoluer. La curiosité est mon moteur. L'adrénaline, mon carburant. J'ai toujours été fasciné, depuis mes premières lectures (Tintin, Jules Verne) par la différence et l'originalité, l'étrange et l'étranger. En un mot, le mystère. Enfant, je préférais la pop anglaise à la chanson française car je ne comprenais pas les paroles. Au restaurant, je commandais systématiquement le plat que je ne connaissais pas. Voilà pourquoi je suis devenu journaliste, enquêteur, reporter, auteur de guides de voyage, de documentaires, d'anthologies, de dictionnaires. Poussé par ma curiosité maladive, j'ai suivi quantité d'inconnu(e)s en terres étrangères. Et je leur dois de formidables émotions.

Quand j'inventorie mes souvenirs de voyages, par pure nostalgie, je me souviens d'abord de ces rencontres hasardeuses liées à mon besoin de découvertes.

Je suis un enfant des beatniks, un fils spirituel de Jack Kerouac. Adolescent, je n'avais pas du tout peur de faire du stop. J'allais vers les autres, j'ouvrais les portes, je sautais les barrières. J'ai parfois été déçu. On m'a souvent arnaqué. Mais je ne me suis jamais ennuyé. Et je suis toujours en vie. Surtout, mon enthousiasme, ma curiosité, sont restés intacts. Ils battent au diapason des alvéoles cachés dans ma poitrine.

À Katmandou, il y a vingt-deux ans, un jeune Népalais qui parlait français avec l'accent marseillais (il avait travaillé un an en France) a réussi à m'entraîner dans un vieux temple de bois, pour assister – prétendait-il – à une cérémonie secrète. Nous avons gravi une échelle vermoulue, poussé une trappe... Et je me suis retrouvé au milieu d'une assemblée de vieillards, à fumer un shilom et à boire du thé au gingembre en priant Shiva, au son d'une musique soufie envoûtante. Ce n'était pas un traquenard. On ne m'a pas soutiré d'argent. On m'a remercié pour ma présence, ma tolérance. Mon instinct ne m'avait pas trompé. J'ai vécu des instants dignes des mille et une nuits.

Un an plus tôt, sur la plage de Puerto Ángel (État d'Oaxaca), après avoir traversé une forêt envahie de mygales, j'avais passé une nuit sous une multitude d'étoiles scintillantes, assis sur une vertèbre de baleine, à deviser avec une révolutionnaire mexicaine. Et, croyez-le ou non, je me suis rarement senti aussi vivant, en prise avec les éléments, en osmose avec le cosmos.

Pour revivre ces sensations, j'ai arpenté les bas-fonds de Nairobi et de Quito, les fleuves de l'Oriente, les collines du Triangle d'Or, les déserts de Patagonie, les îles des Caraïbes. Curieusement, j'ai connu peu de mésaventures. Je cherchais l'aventure, pas les galères. J'ai néanmoins fauté à plusieurs reprises. Je me souviens encore du regard sans vie de cette Laotienne rongée par l'héroïne, au moment où elle fouille mes poches, après m'avoir fait boire, dans les toilettes d'un bouge de Phnom Penh hanté par les

Casques bleus… Je ne rentrerai pas dans les détails, par pudeur. Mon instinct de survie, mon Jiminy Cricket, avait été trompé par un alcool frelaté.

Deux jours plus tard, je me trouvais à Siem Reap. À l'époque, j'étais le seul « touriste » dans les temples d'Angkor. Les sites étaient minés. Des têtes de mort sur fond rouge signalaient les lieux à éviter. On m'avait conseillé de ne jamais marcher dans l'herbe, de ne pas quitter les pistes, de rester sur la route, même si je souhaitais me soulager. Je rêvais de voir le temple de Banteay Srei, cette splendeur de grès rose célèbre grâce à Malraux. Il en avait démonté à coups de burin un linteau sculpté pour le revendre à des collectionneurs. À des dizaines de kilomètres d'Angkor Vat, le monument se trouvait à l'époque en territoire Khmer rouge. Les autorités m'ont refusé une escorte : « Trop dangereux. » Un chauffeur a accepté de m'y conduire, contre une centaine de dollars. Sur la route, après deux heures de nids-de-poule, un barrage de fortune nous a obligés à nous arrêter. Une douzaine d'hommes en armes se sont approchés, encerclant notre véhicule. Ils avaient des foulards à carreaux sur la bouche. S'agissait-il de l'armée régulière ? Leur air dépenaillé laissait planer le doute. L'un d'eux portait un lance-roquettes sur l'épaule. La plupart avaient le torse barré de cartouchières, un AK 47 à la main.

Ils ont interrogé mon chauffeur. Celui-ci roulait des yeux de fou, où se lisait une peur panique. Il bégayait ses réponses, dans lesquelles je reconnaissais vaguement des mots incantatoires : touriste, Français, Banteay Srei…

Les hommes l'écoutaient, suspicieux. Trois d'entre eux se sont penchés pour m'observer de plus près. Je me faisais l'impression d'un animal exotique dans un zoo, un panda, un lémurien ou un paresseux.

Ma réaction instinctive m'étonne encore aujourd'hui. J'ai baissé la vitre, regardé les hommes avec un grand sourire, sorti des cigarettes de ma poche et les leur ai tendues. D'abord interloqués, les hommes s'en sont emparés, sans un mot. Puis l'un d'eux, probablement le chef, a fait signe au chauffeur de redémarrer.

Celui-ci n'a plus prononcé la moindre parole pendant plus d'une heure. Je voyais la sueur dégouliner sur sa nuque. Sa peau avait viré au citron vert. Il serrait les dents comme un canasson ronge son mors. Quand il a enfin ouvert la bouche, il a eu ces seuls mots, tremblants, avec un geste de la main en direction du point où nous avions laissé les hommes en armes : « Khmers rouges. »

Un mois plus tard, trois Occidentaux, dont un Français, étaient kidnappés sur cette même route. Ils seront froidement exécutés.

Un paquet de cigarettes m'a sauvé la vie.

★

Je suis un rescapé. Je le réalise seulement aujourd'hui. Ma cellule familiale a connu Septembre noir. J'avais alors 7 ans. Mon père était en poste à Amman, nous l'avions rejoint la veille des événements. À peine l'avions-nous retrouvé qu'il disparaissait plusieurs jours, pris en otage

par une Palestinienne grenade en main. Chaque soir,
des balles traçantes illuminaient le ciel jordanien. Je le
contemplais, fasciné, de la meurtrière des toilettes, me
servant du réservoir comme marchepied. Il n'y avait
pas d'autre ouverture sur le monde, les portes et les
fenêtres de la maison demeuraient closes, nous vivions
dans la pénombre, les stores baissés, transpercés de rayons
blafards à l'heure où le soleil brille dehors. Les parents
avaient installé nos matelas dans la cave pour échapper
aux bombardements. Nous mangions du corned-beef,
seules conserves disponibles. Une nuit, une explosion
nous a réveillés, un fracas au-dessus de nos têtes. Mon
père hésitait à monter. Je le revois, à quatre pattes dans
l'escalier, tête baissée. Il a trouvé le courage de s'exposer,
de découvrir une maison peut-être dévastée. Il lui fallait
s'assurer que nous restions en sécurité. Maman nous serrait dans ses bras, mon frère et moi. Plus que sa chaleur
enveloppante, nous sentions ses larmes, son inquiétude.
Papa est redescendu : un obus de mortier avait atterri
dans le salon, emportant un pan de mur.

Un autre jour, quelqu'un a frappé à la porte avec
insistance. Les parents ont mis un temps infini à ouvrir
les battants de verre cathédrale bardés de fer forgé, proté-
gés par un canapé et une table renversée. Ils redoutaient
un commando de fedayins surgi pour nous piller, nous
égorger. C'était la voisine, venue annoncer une trêve.
Il fallait en profiter pour prendre l'air. Papa ne voulait
pas. Maman nous a finalement emmenés dans le jardin.
Je faisais pipi contre le mur, m'amusant à viser un pot

de yaourt abandonné, quand des balles se sont mises à siffler. Nous sommes restés collés à la façade. J'ai le souvenir très précis des hautes herbes folles, prises de vertige, couchées par un vent de mitraille. Et celui des hurlements de papa, resté dans la maison : « Rentrez, vous allez vous faire tuer ! »

Avec mon frère, nous sommes allés chercher les balles dans le jardin, en cachette. L'une d'elles n'avait pas explosé. Elle était sombre, froide, dure et lourde dans ma main. Je l'ai glissée dans le canon de mon fusil-mitrailleur en plastique jaune, prêt à défendre la maison contre les agresseurs.

Peut-être suis-je devenu reporter pour revivre ces frayeurs, apprendre à les contrôler, à les dominer. La première décharge d'adrénaline, essence du grand reportage, est survenue au moment où je marchais dans les ruines d'Angkor, seul, parmi les mines antipersonnel. J'étais à la recherche du temple de grès rose de Banteay Srei. Je passais d'une dalle de pierre à une autre, dans une chaleur accablante, évitant soigneusement les herbes. Un bruit d'explosion m'a glacé le sang. Pendant de longues minutes, je me suis demandé si j'étais encore en vie. J'ai continué mon chemin, les jambes lourdes. Un paysan, un enfant ou une vache avait peut-être volé en éclats, ou perdu un membre, à quelques dizaines de mètres, de l'autre côté de l'enclos. Je ne l'ai jamais su : l'escouade de militaires qui gardait le site est restée murée dans un profond silence.

J'ai retrouvé ce genre d'émotion, bien qu'atténuée,

sous d'autres latitudes, poursuivi par une meute de chiens affamés qu'il fallait chasser à coups de pierres, dans les rues désertes de Calafate, en Patagonie, au sortir d'une whiskeria ; ou sur le toit d'un *ferrocarril* en train de dérailler, au flanc d'un sommet andin, parmi les cactus candélabres, avant qu'il ne finisse sa course dans la moiteur du port de Guayaquil. En respirant les vapeurs de soufre dans le cratère du Kawah Ijen. En étant menacé par des crochets d'acier entre les doigts de dockers de Surabaya. Leurs visages inexpressifs me dévisagent. Je suis un intrus. J'arpente en chemise blanche les quais encombrés de sampans livrés à tous les trafics.

L'adrénaline, certains se la procurent dans le corps à corps, le tir au bazooka, les drogues dures, les courses automobiles, le saut à l'élastique, l'escalade nocturne des cathédrales, l'escroquerie de haut vol. Une manière comme une autre de se sentir vivant. La chaude violence de ces impressions, je la retrouverai seulement dans la passion amoureuse.

★

Mon fils de 18 ans, peut-être plus que moi, a le goût du risque. Il appelle cela « faire des expériences ». À notre époque, plus cynique que la précédente, il faut avoir tout fait, très vite. Un homme, un vrai, se doit d'être « rebelle », d'avoir expérimenté le sexe, les drogues, la violence, la frénésie des nuits dans les mégalopoles.

Est-ce cela, l'aventure ? Peut-être. Mais j'en connais

de plus heureuses, de plus motivantes. Planer en parachute ascensionnel au-dessus de Bali, tel un aigle. Suivre les traces d'un jaguar dans les forêts d'Iguazú. Nourrir les hyènes au pied des murailles d'Harar. Admirer les iguanes des Galápagos. Nager avec une raie manta dans le lagon de Bora Bora. Goûter au fugu – ce poisson empoisonné – dans un restaurant de Ginza. Faire l'amour à une Amazone dans un night-club de Manaus – le seul endroit sur terre où une fille peut vous comparer à un anaconda... Contrairement à mon fils, j'envisage l'aventure comme un rêve, sans tache, sans noirceur. Je me trompe peut-être. Je reste un idéaliste.

Je ne voyage plus depuis bientôt un an. J'envoie désormais les autres en reportage. Cela me manque. Comme une drogue. L'aventure et son adrénaline ont intoxiqué ma moelle. Je compense comme je peux. Il m'arrive encore de prendre des risques, limités. Pour rester fidèle à mes rêves d'enfant, je fais perdurer un semblant d'esprit d'aventure.

★

C'était à Belfort, chef-lieu du Territoire de Belfort, aux confins de la Suisse, des Vosges et du Jura. Un samedi soir provincial. Il neigeait. Je sortais d'un débat sur le voyage à la bibliothèque municipale, animé par une jeune blonde aux yeux bleus, mariée à un Libanais. J'avais froid. J'avais soif. J'étais seul et le bar des Marronniers, place d'Armes, me tendait la main, c'est-à-dire la poignée de sa porte.

J'en étais à mon troisième calvados, je me réchauffais enfin quand un type est entré dans le bar. Un grand brun au crâne rasé. Il a tendu une clé USB au barman.

– Macram ! Mets-nous de la musique.

Le dénommé Macram, jeune homme souriant à lunettes, d'origine tunisienne, s'est exécuté. Il a branché la clé et la musique, planante, a envahi la pièce.

Le type dodelinait de la tête, pianotait dans le vide.

– Elle est pourrie, ta chaîne !

– C'est quoi, ce doum doum doum ? a demandé une habituée des lieux, fausse blonde outrancièrement maquillée, blottie dans sa doudoune.

– Faut l'écouter dans mon studio, ça n'a rien à voir.

Nous avons fait connaissance. Il m'a offert un verre. Il s'appelait Éric. Il travaillait dans l'armée – pour gagner sa vie, précisa-t-il.

Les Marronniers fermaient à une heure. Éric m'a entraîné au bar de l'Oasis. Le patron s'appelait Safiane. Éric a commandé du Glenmorangie. La tête me tournait. Les deux hommes se sont lancés dans une histoire de baston à laquelle je ne comprenais rien. Je me demandais ce que je faisais là. Je me décidais à partir, à quitter ce dingue. Je cherchais les mots pour ne pas le vexer – ne surtout pas provoquer de querelle...

Éric a dû le sentir, comme s'il lisait dans mes pensées.

– On va y aller, dit-il. Mets-nous deux pintes dans des gobelets, Safiane, c'est pour emporter...

Il faisait froid. J'étais crevé. J'ai suivi l'inconnu chez lui. La curiosité, peut-être. Ou l'esprit d'aventure. Il s'est arrêté dans la rue, m'a regardé, vraiment, pour la première fois. Ses yeux noirs, minuscules, semblaient me supplier.

– J'en ai ras-le-cul de l'armée ! Je n'en peux plus...

Le sergent-chef était au bord des larmes.

– J'ai fait trois fois l'Afghanistan, poursuivit-il. La Côte d'Ivoire... Dix ans d'armée...

Je tentais de le rassurer :

– Je comprends. Dix ans, c'est énorme. Tu as du mérite, tu as été courageux... Et c'est à l'opposé de la musique...

– Tu m'étonnes... J'ai ramassé des bouts de chair humaine à la cuiller... Je n'en peux plus. Tu comprends ?

Son verre de bière vacillait dans sa main. Il tenait à peine debout. Il a saisi un plot en plastique orange, posé sur le trottoir pour cause de travaux, et a hurlé dedans comme dans un porte-voix.

– Oui, je comprends, lui répondis-je.

Pour être plus convaincant, je lui ai raconté des histoires, en piochant au hasard dans mes souvenirs : l'humanitaire, la Birmanie, les Casques bleus, les cadavres enterrés en Somalie pendant l'épidémie de choléra, j'affabulais, je mélangeais les histoires racontées par mon frère jumeau, ancien de Médecins sans frontières, et les bribes de mes propres reportages...

Nous sommes arrivés chez lui. Le salon restait dans le noir. Il ne voulait pas réveiller les habitants. Une porte de chambre s'est entrouverte. Une petite femme brune, chétive, endormie, l'a interrogé :

– Que se passe-t-il ?

– Rien ! Bouge, bouge !

Elle n'en a pas demandé plus, elle semblait habituée, résignée. Il m'a poussé dans les escaliers.

– T'inquiète, gros, c'est insonorisé...

Les images se superposaient, dans un kaléidoscope psychédélique. L'Afghanistan, le Soudan, l'horreur du monde – et, face à elle, la magie de la musique.

Le sergent-chef est penché sur sa guitare. Il la serre dans ses bras. Caresse le manche de sa joue. Il l'empoigne comme une arme. C'est l'instrument de sa survie. Il s'y accroche comme un assoiffé à sa gourde. Ses yeux sont clos. Il respire au rythme de sa musique. Nul besoin de chanter : il pince les cordes, doucement, une à une ; tape la caisse de résonance du plat de la main, lâche ses doigts en rafales. J'ai l'impression d'avoir, à deux mètres de moi dans cette cave exiguë, aux murs recouverts de boîtes à œufs, la réincarnation de Jimi Hendrix. Un ancien G. I., rescapé du Vietnam, au point d'en brûler le *star splangled banner*, textile national. Accro aux drogues dures, aux cigarettes et à l'alcool, Hendrix se déchaîne. Il y laissera sa peau. Est-ce cela, l'aventure ?

Perdu dans ses cauchemars, mon guitariste en oublie tout, son épouse, son fils, endormis au-dessus de nos têtes. Du pied, il appuie sur une pédale pour monter le son. Seule la musique compte. La grâce des harmonies, la justesse des accords.

Comment un militaire de carrière peut-il développer une telle sensibilité ? Une heure auparavant, j'avais en face de moi une brute, un charretier, un provocateur. Le sergent-chef a laissé la place à un poète, un artiste, au bord des larmes, souriant comme un enfant. Ses prunelles brunes, humides, sont celles d'un chien battu, mais heureux : on lui caresse enfin la tête. Quel contraste avec ses doigts nerveux, souples, fermes, sûrs d'eux. L'espace d'un instant, je les imagine appuyer sur une gâchette, remettre un chargeur, dégoupiller une grenade. Je ne peux croire qu'ils appartiennent, ces doigts, au musicien accompli en train d'offrir un concert à un inconnu. L'homme qui m'a invité chez lui n'a plus peur de rien. Il craignait seulement que je refuse son invitation. « Ce n'est pas un traquenard », répétait-il pour me rassurer. Je n'avais moi-même pas grand-chose à perdre. « Je n'ai pas peur de te suivre, lui avais-je répondu, je te fais confiance. » Question de feeling, aurais-je dû ajouter.

Les musiciens me rassurent. Je ne faisais preuve d'aucun courage particulier. Je me faisais plaisir. La musique n'a rien d'aventureux – sauf, peut-être, pour le musicien lui-même. Il joue son âme, il pose ses tripes sur l'enclume, il prend le risque d'être jugé. Voilà pourquoi, peut-être, la plupart d'entre eux ont besoin de se droguer au moment de monter sur scène.

Éric avait tenu à passer au bar de l'Oasis pour s'approvisionner en alcool. Comme s'il partait au combat et jouait sa peau. Peut-être avait-il besoin de se trouver dans un état second pour donner le meilleur de lui-même. L'ivresse, sans doute, lui permettait de communiquer avec les étoiles. À l'instar de ses modèles – The Cure, The Rolling Stones –, il se devait d'être défoncé pour sortir de son corps, ne plus sentir son enveloppe charnelle, devenir un pur esprit, concentré sur l'essentiel.

L'art est une aventure, je le comprenais en écoutant ce vétéran de l'Afghanistan jouer pour moi, l'étranger débarqué dans la citadelle de Belfort, au pied du lion.

Je suis reparti sous la neige. La brume masquait mes rares repères. Le lion lui-même avait disparu de mon champ de vision. Le froid me pinçait le cou, les joues. J'ai trouvé enfin refuge dans le sas de mon hôtel de la place d'Armes, après une heure d'errance dans les rues de la ville, les oreilles assourdies par le silence.

Cette virée nocturne avait eu l'effet d'un bain de jouvence. J'avais suivi un inconnu dans une ville étrangère. N'importe quelle personne sensée aurait décliné l'invitation. Ma curiosité avait été récompensée par des instants de magie.

Et si l'aventure, c'était l'esprit d'aventure ?

Patrice Franceschi

Patrice Franceschi est écrivain, aviateur et marin. Membre de la Société de philosophie des sciences et président d'honneur de la Société des explorateurs français, il partage sa vie entre écriture et aventure.

En vérité, j'ai longtemps confondu aventure et esprit d'aventure. J'ai d'autant moins d'excuse que le discours dominant reste marqué par la dualité encore vivace dans notre culture entre matière et esprit. La notion d'aventure relève de la première et se trouve reléguée au seul registre des activités physiques, qualifiées de mineures. Le concept d'esprit est, lui, réservé aux activités intellectuelles, considérées comme nobles. Il n'existe apparemment pas de passerelles entre *aventure* et *esprit*. Ces deux mondes sont séparés. De ce fait, la notion d'*action* est conceptualisée de manière restreinte. Être un homme d'action signifie agir dans le domaine physique. Agir dans le domaine intellectuel relève d'une autre fonction. Écrire un traité de philosophie ou conquérir l'Everest n'est pas mis sur le même plan de l'action alors qu'il s'agit de deux formes possibles de l'action.

Associer *aventure* et *esprit* relève ainsi d'une impossibilité quasi métaphysique. On voit par là combien nous avons perdu cette idée venue du plus lointain de notre civilisation que, pour faire un homme, il faut de toute nécessité unir en lui les dimensions de l'action et de la réflexion. Autrefois pourtant, cette union faisait la joie d'un Platon qui admirait chez son maître Socrate autant son aptitude à la dialectique intellectuelle la plus élaborée pour définir le bien ou le beau, que sa capacité à combattre les armes à la main pour défendre sa cité quand nécessaire – ainsi qu'il le fit avec vaillance à la bataille de Potidée.

En définitive, nous sommes sommés de choisir entre être un homme d'action – et éventuellement un aventurier du bout du monde – ou être un intellectuel – c'est-à-dire quelqu'un ne bougeant pas de son univers mental. L'homme reste écartelé entre ces opposés, ce qui le rend incomplet, c'est-à-dire malheureux. Cette « séparation » de l'action et de la réflexion est peut-être à l'origine de la plupart de nos malheurs. Et ce que j'entends par *esprit d'aventure* est tout simplement leur réunion.

Je ne suis donc pas en adéquation parfaite avec l'image conventionnelle de l'aventure. J'ai de la considération pour les aventuriers épris d'émotions fortes et d'adrénaline, ou ceux habités par le goût du risque et de l'inconnu, soucieux de voyager de par le vaste monde pour le découvrir en se frottant à lui, mais, pour moi, l'esprit d'aventure est quelque chose de plus vaste qui englobe un nombre d'hommes beaucoup plus important. Pasteur, surmontant mille difficultés et luttant sans trêve ni repos pour démontrer l'efficacité de son vaccin contre la rage, me paraît un aussi grand aventurier dans son domaine que Livingstone explorant l'Afrique inconnue. Et Bernard Palissy brûlant jusqu'aux meubles de sa maison pour parvenir à découvrir les secrets de la céramique n'a rien à envier à Marco Polo ou Bougainville. Tous ces hommes font preuve des mêmes qualités. En ce sens-là, l'aventure se trouve au coin de la rue.

J'avais 18 ans quand je suis entré pour de bon dans le grand tourbillon de l'existence… Très jeune, j'ai vécu de belles expériences au bout du monde, d'autres à deux pas de chez moi ; j'ai tourné dans la « cage des méridiens » – selon la belle formule du grand Cendrars –, et c'est vers l'âge de 40 ans que l'esprit d'aventure m'est apparu comme la réunion de quatre « vertus » – au sens grec d'*arété*, principe d'excellence des choses. Je les définis aujourd'hui de la manière suivante :

1 - L'anticonformisme – compris comme potentialité de remise en cause de l'ordre des choses.

2 - L'aptitude au risque – comprise comme exaltation de la vie et dédain de la mort.

3 - Le besoin de liberté – compris comme tension vers la meilleure vie possible.

4 - Le désir de connaissance – compris comme exhortation à l'effort de compréhension du monde.

Toutes les autres qualités qui, en apparence, semblent nécessaires à l'aventure – et elles sont nombreuses, comme le courage, le goût de l'effort ou la force de caractère – me paraissent être, en réalité, des « qualités associées » à l'esprit d'aventure, ou si l'on préfère des catalyseurs de cet esprit. Sans ces « qualités associées », les vertus de l'esprit d'aventure ne peuvent pas s'appliquer, mais ce sont ces dernières qui produisent aussi bien Aristote et Copernic que Christophe Colomb et Paul-Émile Victor. Le courage ou la force de caractère ne produisent rien en eux-mêmes.

Rassembler tous ces hommes pourrait surprendre : mais, en réalité, ce qui les sépare est moins fondamental que ce qui les réunit par la conjonction des vertus de l'esprit d'aventure – fusion de la pensée et de l'action engendrant la création, action toujours adéquate à la pensée, et pensée conduisant toujours à l'action.

Les purs intellectuels vivent généralement très mal les tentatives d'association entre *esprit* et *aventure*. Ce sont des intrusions insupportables sur leur territoire. Cependant, en ce qui me concerne, je suis définitivement parvenu à une évidence qui paraîtra exorbitante à certains et iconoclaste à d'autres – mais que j'assume sans complexe : non seulement l'esprit d'aventure existe mais il traverse l'histoire des hommes. Pour franchir les étapes de son évolution, progresser, découvrir, se libérer, inventer, se révolter, bref pour aller toujours un peu plus loin, l'homme a dû sans cesse faire preuve d'esprit d'aventure. Celui-ci s'est exprimé chez toutes sortes d'hommes, à toutes les époques, dans toutes les sociétés et dans toutes les activités humaines. Il y a de grands aventuriers en philosophie, en science, en art et en politique comme il y en a en exploration ou en art militaire.

C'est pourquoi, lorsque j'associe esprit et aventure, j'entends par là la recomposition de l'homme éclaté, la réunion en lui de la réflexion et de l'action – quel que soit le registre d'activité dans lequel cette réunion s'exprime. L'esprit d'aventure peut habiter un grand scientifique enfermé dans un laboratoire à la recherche des secrets de l'univers, comme un coureur d'océan en quête de records. Il peut aussi n'habiter ni l'un ni l'autre.

Dans cette conception, il n'y a pas automatiquement d'un côté les hommes qui réfléchissent et de l'autre les hommes qui agissent – avec cette arrière-pensée vénéneuse que ceux qui réfléchissent n'agissent pas assez et ceux qui agissent ne réfléchissent pas suffisamment... Ils sont un seul et même homme : celui qui tire de toute action une réflexion et dont la réflexion est au cœur de l'action. Sans cela, comment progresser ? Et comment sortit des sentiers battus pour s'en aller défricher des chemins nouveaux ?

Je vois également l'esprit d'aventure comme une délivrance des idées reçues et, en particulier, des préjugés concernant les autres sociétés. En la matière, l'aventure seule ne suffit pas pour se dégager des lieux communs et des a priori. On peut voyager sur toute la surface du globe, être confronté à une infinité de cultures, connaître toutes sortes d'expériences, de rencontres, et pourtant ne rien comprendre et ne rien apprendre. C'est l'esprit d'aventure, par ses vertus, qui en réalité nous ouvre à la compréhension du monde ; c'est lui qui nous incite à modérer nos jugements de valeur sur les autres sociétés ; plus exactement, c'est grâce à lui que nous apprenons à accepter les autres cultures telles qu'elles sont – pour peu qu'elles s'expriment chez elles. C'est en ce sens que l'esprit d'aventure est un « outil de connaissance » parmi les plus précieux qui soient – et je tiens beaucoup à cette idée. C'est lui qui nous amène le mieux à l'expérience directe de la vie, lui qui renforce notre capacité d'adaptation, affine notre regard sur ce qui ne nous ressemble pas et nous rend capables de nous mettre à la place de « l'autre », à le comprendre – donc à être véritablement armés pour la compréhension générale du monde. Dès lors, tous les problèmes, qu'ils soient d'ordre social, politique, démographique, économique, peuvent être appréhendés dans une perspective universelle.

Tout ce qui vient d'être dit pourrait laisser penser que l'esprit d'aventure relève d'une conception élitiste ou supérieure de la vie – parce que très exigeant sur tous les plans. Il n'en est rien, naturellement ; l'esprit d'aventure n'est réservé à personne en particulier ni à aucune classe sociale. Il est à la portée de tout le monde ; pour l'acquérir, il n'est besoin d'aucune richesse, d'aucun capital, d'aucun revenu. L'esprit d'aventure est une valeur gratuite et libre sur le marché de la vie ; il n'y a pas plus démocratique que cette valeur. Et il faut former des vœux pour que tout le monde s'en empare. Car ce qui est « supérieur », ce n'est pas l'esprit d'aventure, c'est ce qu'il peut permettre à chacun d'entre nous.

Pour cela, toutefois, il faut aller à l'encontre de l'air du temps et surtout de la quête éperdue de sécurité qui le caractérise. Pas d'autre choix : il faut consentir à l'incertitude, à l'insécurité ; c'est le prix à payer pour retrouver un peu de notre liberté. C'est pourquoi en ces temps de « principe de précaution » – qu'il nous arrive tous de vivre comme un carcan insupportable –, c'est la *capacité au risque* et le *besoin de liberté* qui, parmi les quatre vertus de l'esprit d'aventure, retiennent d'abord mon attention. Plus que jamais, nous avons besoin de ces capacités libératoires ; mais « l'esprit de commodité » de notre époque les érode chaque jour un peu plus. Malraux disait il n'y a pas si longtemps : « Il faut vivre dangereusement. » Il suffit de regarder autour de soi pour mesurer le chemin parcouru en sens inverse.

Et où est donc également l'énergie vitale que Pindare exprimait il y a vingt-cinq siècles lorsqu'il s'exclamait avec jubilation : « Ô mon âme, n'aspire pas à l'existence éternelle mais épuise le champ du possible » ? Qui donc aujourd'hui a conservé assez d'esprit d'aventure et de sens de la tragédie pour transfigurer avec autant de passion positive notre conscience de la condition humaine, de la précarité de nos entreprises et du passage inexorable du temps ?

À cette aune, je crois bien qu'être révolutionnaire à l'avenir ce sera admirer Pindare, le poète oublié, et prôner le goût du risque. Ce sera vouloir quitter le chaud cocon de la sécurité dans lequel on nous enferme et nous étouffe – toujours pour notre bien, cela va sans dire. Ce sera préférer à la vie des animaux domestiques et paisibles l'existence périlleuse mais libre des animaux sauvages courant à perdre haleine dans la nature.

La subversion de demain sera de réaffirmer le primat de la liberté sur la sécurité – et il s'agira peut-être du combat central des derniers humanistes. On se souviendra alors que La Fontaine avait déjà dit l'essentiel à ce propos avec la fable du loup et du chien, qui s'achève par ces vers magnifiques :

> Chemin faisant, il vit le cou du Chien pelé.
> « Qu'est-ce là ? lui dit-il. – Rien. – Quoi ? rien ? – Peu
>   de chose.
> – Mais encor ? – Le collier dont je suis attaché
> De ce que vous voyez est peut-être la cause.
> – Attaché ? dit le loup : vous ne courez donc pas
> Où vous voulez ? – Pas toujours, mais qu'importe ?
> – Il importe si bien, que de tous vos repas
>   Je ne veux en aucune sorte,
> Et ne voudrais pas même à ce prix un trésor. »
> Cela dit, maître Loup s'enfuit, et court encor.

Cet animal épris de liberté, au point de renoncer à tout pour elle, rejoint sans détour deux figures emblématiques de la littérature, deux hommes qui nous disent des choses fondamentales sur l'esprit d'aventure : Ulysse et Don Quichotte.

Dans *L'Odyssée* d'Homère, Ulysse, qui veut simplement rentrer chez lui après dix ans de guerre contre les Troyens, se montre admirable par sa capacité à surmonter l'adversité et les innombrables infortunes que le destin et les dieux dressent sur son chemin. Ce faisant, il dessine la première grande aventure vécue par un homme et transmise par un livre. C'est avec lui que se tissent les premiers liens entre les univers de l'aventure et de la littérature : désormais, les grandes équipées vont s'écrire ; et celles qui ne s'écriront pas disparaîtront de la mémoire des hommes.

De ce jour également s'établit un rapport définitif entre esprit d'aventure et épopée. Ce rapport marquera toute l'histoire de la civilisation occidentale – pour le meilleur et pour le pire ; les grands hommes incapables d'épopées seront peu de chose et ceux qui seront à même d'en proposer à leurs semblables se verront tout pardonner, même les plus grands échecs – à la condition que ces derniers confinent à la forme héroïco-tragique de la condition humaine ou à l'absurdité de la vie. Ce qui permettra à Victor Hugo d'écrire dans *La Légende des siècles* ces vers de « La chanson des aventuriers de la mer » que j'aime par-dessus tout :

> À nous dix, nous prîmes la ville ;
> – Et le Roi lui-même ! – Après quoi,
> Maîtres du port, maître de l'île,
> Ne sachant qu'en faire, ma foi,
> D'une manière très civile, .
> Nous rendîmes la ville au roi.

Don Quichotte, de son côté, nous apprend que, sans lui, l'aventure serait orpheline. Et tous les hommes également.

Ce pauvre hidalgo, qui rêve d'un temps où la chevalerie avait encore un sens, porte en lui la part impossible de l'homme, celle qui veut s'accomplir envers et contre tout. Ce chevalier à la triste figure est le modèle littéraire le plus abouti que je connaisse du héros solitaire poursuivant sa route vaille que vaille parce qu'il croit en des choses plus grandes que lui. Cet homme surgit de l'imagination d'un écrivain manchot me touchera toujours par sa sincérité absolue. Il est notre frère à tous. Surtout, il nous lègue un idéal de l'action gratuite – opposé au calcul marchand –, qui représente la part essentielle et non négociable de l'esprit d'aventure. On peut appeler cela le désintéressement. Sans lui, pas d'aventure véritable.

Quant à la petite folie pleine de panache portée par cet Espagnol d'un autre temps, elle est – à l'égal du désintéressement – intimement associée à l'esprit d'aventure... Car comment, sans un minimum de folie, sauter hors des rails des choses convenues ? Comment s'en aller défricher l'inconnu de la vie ? Comment ouvrir tous les chemins exaltants que l'existence peut proposer ? Ce type de folie n'est rien d'autre que la dimension supérieure de l'audace... Et cette dernière peut s'appliquer au bout du monde comme au plus près de chez soi.

Alors, pour conclure, comment imaginer l'avenir de l'esprit d'aventure ? Et celui de l'aventure elle-même ? Cette dernière, hélas, je la donne pour morte avant même la fin du siècle en cours – quand le monde sera définitivement clos sur lui-même, fermé, bouclé et mondialisé… Mais l'esprit d'aventure, lui, je le donne vivant pour très longtemps encore. Je le vois se transmettre de génération en génération comme un goût insatiable de liberté pour la jeunesse et comme sa meilleure arme pour lutter contre la « tyrannie molle » de nos sociétés matérialistes. Car, en fin de compte, ce que l'esprit d'aventure dit à la jeunesse, c'est qu'il est toujours possible de braver le destin – et que l'on peut donc rester résolument optimiste, même dans les pires moments et les pires situations. Pour changer le cours des choses, il suffit juste parfois de montrer la fermeté d'âme du petit oiseau de l'histoire chinoise – ce petit oiseau pour qui rien n'est jamais perdu.

C'est par cette histoire à la fois très ancienne et très moderne que je veux terminer :

Il y a fort longtemps – peut-être à l'époque Printemps et Automne –, un cavalier solitaire suivait une piste au pas lent de sa monture dans les montagnes de Mandchourie – à moins que ce ne soit dans celles du Hunan, mais peu importe. On était en hiver et il faisait très froid. Au détour d'un chemin, ce cavalier manque d'écraser un petit oiseau qui se tient sur le dos au milieu de la piste, immobile, les deux pattes en l'air, bien droites. Étonné, le cavalier s'arrête et se penche vers l'oiseau pour demander : « Mon pauvre ami, que t'arrive-t-il ? Tu as l'air à moitié mort d'épuisement… » Le petit oiseau répond sans bouger : « Tout va bien, ne vous occupez pas de moi ; continuez tranquillement votre route. » Le cavalier s'étonne : « Tout va bien, dis-tu ! Mais tu es là, sur le dos, tes deux pattes en l'air, à moitié gelé… Depuis combien de temps n'as-tu pas mangé ? » Le petit oiseau réfléchit un moment et dit : « Cela doit faire une semaine, mais, vraiment, ça va encore très bien. » Le cavalier n'en revient pas. Il descend de son cheval, s'accroupit devant l'oiseau : « Bon, d'accord, dit-il, tout va bien pour toi ; mais explique-moi ce que tu fais exactement sur cette piste, immobile avec tes deux pattes en l'air. » Le petit oiseau répond : « Seigneur, j'ai entendu dire que le ciel allait bientôt nous tomber sur la tête et tous nous écraser. » Le cavalier se redresse, stupéfait : « Et tu crois peut-être que tu vas le retenir avec tes deux petites pattes, comme ça, là, tout seul ? » L'oiseau tourne les yeux vers lui et dit d'une petite voix timide : « Seigneur, je ferai ce que je pourrai ! »

J'aime à croire que c'est par la volonté d'âme de ce petit oiseau que maître Loup court encore… Et des millions d'hommes libres avec lui.

Table

Éditions Points

Le catalogue complet de nos collections est sur Le Cercle Points, ainsi que des interviews de vos auteurs préférés, des jeux-concours, des conseils de lecture, des extraits en avant-première…

www.lecerclepoints.com

Collection Points Aventure

RÉALISATION : NORD COMPO À VILLENEUVE-D'ASCQ
IMPRESSION : CPI FRANCE
DÉPÔT LÉGAL : AVRIL 2013. N° 111033-7 (151159)
IMPRIMÉ EN FRANCE